超過勤務の報酬はかわいい♡巨乳♡メイドでお支払い？
～社畜の俺にご奉仕はじまりました～
愛内なの
イラスト：りんご水
ぷちぱら文庫
creative

プロローグ　やって来た完璧メイドさん

不況と言われて、すでに数十年。

そんな中、平凡な大学を出ただけで、特筆する能力もない俺のような人間が定職を得られたことは幸運だったのだろう。

務め先は、ホワイトではないがブラックでもない。そんな、よくある企業の一つだ。

朝は早く、夜は遅くまで働いているが、給料も同年代の中でも多いほうだし、残業してもきっちり全額出る。上司や同僚に、理不尽なことを言ってくるような人間はほぼいない。

だからこそ、社畜といわれるような生活にも、大きな不満を抱かずに、何年も続けてくることができた。

とはいえ、拭い切れない疲れも溜まってきているし、同じことをくり返す日々に心も渇いてきていると感じる。

こんな生活が、定年まで続くのだろうか？　ふと、そんな自問が浮かぶたびに、答えを出さずに呑みこむ。

そうやって自分を誤魔化すようにして、今日も残業を終えて家路についていた。

駅から徒歩15分ほどの距離にある、三階建てのマンション。

目を閉じていても歩けるくらいに慣れた夜道を進み、部屋が見えてきたところで、ふと違和感を覚える。

「……あれ？」

部屋の電気がついている？

今朝は、起きてから使った覚えがない。となると——まさか泥棒とか？

でも、わざわざ電灯をつけて盗みを働くような間抜けな泥棒がいるはずもないと、浮かんだ考えを否定した。

連絡はなかったが、お袋が部屋に来ているのだろうか。

いつものように、部屋の汚さや、結婚相手がいないことについてのお説教をされるのかと思ったのだが、その予想はあっさりと覆された。

「ただいまー……って、え？」

開錠をしてドアを開くと、そこにいたのは母親ではなく、まるで風俗店で着るような露出の激しいメイド服姿の女の子だった。

「植野《うえの》孝弘《たかひろ》様ですね。お帰りなさいませ」

「あ、え？」

どうしてメイド？　なんでそんな格好なんだ？

色々と突っ込みどころも多く、疲れきった状態ではまともに考えをまとめられずにいた。

「ええと……」

「失礼いたしました。私は、高輪希実《たかわのぞみ》と申します。希実とお呼びください。本日より、ご主人さまのお世話をさせていただくために、派遣されてきたメイドです」

「……つまりキミは、会社の『福利厚生』として、俺の家に派遣をされてきたと」

「はい。今後、ご主人さまの身の回りのことなどを、全てお世話させていただきます」

突然のことであり、しかも悪い冗談のような話だ。

いくら会社の『福利厚生』だと言われても、こんなことを素直に信じられるはずもなかった。

けれど、彼女と話をしたところ、俺や勤め先のこと――上司の名前などにも詳しいので、あながち嘘だとも言い切れない。言い切れないのだけれど……。

「お疑いになるのも当然です。ですが、今回の件につきましてはお勤め先からもご連絡があったかと思います。ご確認いただけますでしょうか？」

「えっ⁉」

言われて、慌ててスマホを手に取り、メールを確認する。

仕事上で重要なものから処理していたので、いくつかは、後で読めばいいかと放置していたものがあった気がする。

「あ、これかな？　『重要度：低　返答無用　福利厚生について』というタイトルのメールを開く」

そこには、五年目の『福利厚生』として、可能な限り、社員それぞれの希望を叶えることなどが書かれていた。

「たしかに会社から連絡が来てる」

つまり、彼女は本当に『福利厚生』の一環として、俺の部屋へやってきたというわけだ。

……メイドの派遣がその枠内に含まれるのか？　というところは、首を傾げるしかないが……。

直属の上司も、そのさらに上の上司も、ときどきこういうイタズラめいたことをすることがある。もしかしたら、今頃は他の独身のやつらの部屋にもメイドさんが派遣されているのかもしれない。

忙しさもあって洗濯はたまり、掃除もろくにしていない。

一日だけでも家事を担当してもらえるのならば、ありがたいのも事実だ。

「お仕事でお疲れではありませんか？　お食事のご用意も、お風呂の準備もしてありますので、よろしければ――」

「あ、うん。その前に一つ、いいかな？」

「はい。なんでしょう？」

「キミが仕事なのは分かったから、もう少しだけ、フランクな感じで話してほしい。あまり丁寧に扱われると、緊張しちゃってさ」

「……わかりました。すぐには難しいですけど、できるだけご主人さまのご希望に添うようにしますね」

ややおっとりとした感じの話し方になった。たぶん、彼女本来の口調に近いのだろう。

本当はもう少し気楽にしてほしいが、今はこれで十分か。

「ありがとう。じゃあ――」

ぐううっと、お腹の音が鳴る。

普段ならば、帰宅途中で購入した惣菜などで適当にすませている。だけど、暴力的なくらいに美味しそうな匂いを前に、体のほうが先に我慢の限界を迎えたようだ。

「ふふっ、まずはお食事の用意をしますね。少しお待ちください」

「……ありがとう」

出てきた夕食は、彼女の見た目からは想像しにくいと言っては失礼だが、実に家庭向けというか、お袋の味っぽいものだった。

しかも、どれもこれも美味くて、ほっとした気分になるので、ついつい食べ過ぎてしまった。

「ごちそうさま。すごく美味しかった。こんなに腹一杯になるまで食べたのは、久しぶりだよ」

「喜んでもらえたみたいで、嬉しいです」

落ちついて部屋を見てみれば、放置していた洗濯物はすでに片付き、部屋も綺麗に掃除をされていた。

これだけしてもらえば、しばらく家事をしなくても大丈夫だろう。

「今日はありがとう。色々と助かったよ」

「あの、今日は……とは、どういうことでしょうか？」

俺の言葉に、彼女はきょとんとした顔で聞き返してくる。

「え？　家のことは十分にしてもらったから、『福利厚生』は終わりなんじゃないかな？」

「終わりではありませんよ？　ご主人さまがご迷惑でないのでしたら、このままお仕えすることになってますので」

「…………え？」

それは、思いがけないセリフだった。

「このまっ……って、もしかして住み込みで？　で、でも、寝るところとかは？」

「部屋の端をお借りできれば、そこで寝ようと思っていました」

「いや、それはダメだろっ！」

「すみません。そうですよね、メイドがご主人さまと同じ部屋で休もうだなんて、身の程をわきまえない発言でした。では、私はキッチンで――」

「違う違う！　そうじゃなくて、女の子を床に寝させて、自分だけベッドになんて寝られないってことだよ」

「私はメイドですから、気にせずともよろしいのですよ？」

「気にしないなんて無理。無理だから！」

「では、どうしましょう？」

「どうしましょうって……自分の部屋は？　そこから通ってきているんじゃないのか？」

「私個人の家はございませんから」

「そ、そうなの？」

俺の言葉に、高輪さんがはっきりと頷いた。

帰る場所がないって……俺のことよりも、彼女に救いの手を差し伸べるべき――って、あれ？　この『福利厚生』って、もしかしてそういう意味を持っているのか？

とにかく、今は彼女のことだ。

高輪さんの状況を知ったら、尚のこと部屋の端や床で眠らせるわけにはいかない。

いかないのだけれど……おっさんに片足をつっこんでいる男の部屋に、若い女の子が泊まる意味がわかっているのだろうか？

それでなくとも整った顔立ちをしているし、スタイルだってすごくいい。

そこらのアイドルが裸足で逃げ出すような美少女が、大胆なメイド服を着て、ヘソ周りや足の肌を惜しげもなくさらけ出しているのだ。男として、見るな、意識するなというほうが無理だ。

会社に連絡をして、どこかホテルを取ってもらうとか？

いや、さすがにこの時間には誰も残っていないはず。どんなに早くても上司に相談できるのは明日になる。

「ええと、キミみたいな女の子が男の部屋に泊まるのは、いくら会社の『福利厚生』だとしても、よくないんじゃないかな？」

「私では、ご主人さまに満足していただけないということですか？」

「ち、違うっ。キミは美少女なんだから、もっと自分の身の危険を考えるべきだって言ってるんだよ」

「お世辞であっても、美少女だなんて言っていただけると、照れてしまいますね」

ほんのりと頬を染め、恥ずかしげに目を伏せる。仕草も態度も初々しく、すごく可愛らしい。

「お世辞とかで言ってるんじゃない。それだけ魅力的なんだから、男とふたりきりになるなってことだよ」

「ふたりきりと言われましても、一緒にいるのは、お仕えするご主人さまだけですよ？」

「信頼してもらえるのはありがたいけど、俺はキミが思うほど理性的な男じゃないってことだよ。キミみたいな子が近くにいれば、悶々とするし、性的な目で見たりもする。最悪の場合は、襲ってしまう可能性だってあるんだぞ？」

これだけ脅せば、さすがにわかってもらえるだろう。そう思ったのだが……。

「つまり、ご主人さまは私を襲うつもりが、あるということですね！」

彼女の目が期待で、キラキラしているように見える。

……なんで、そんなに嬉しそうにしているんだ？

「い、いや、今のは言葉のアヤというか……襲うつもりはないからっ」

「そうですか……」

今度は、なんで残念そうにっ⁉

「わかりました。では、ご主人さまが悶々とせずにすむように、私が性処理をいたしますね」

「へ……？」

なんでそうなるんだ⁉

「お仕事でお疲れのようですし、今は……口と胸でご奉仕いたします」

そう言って俺の前に跪《ひざまず》くと、ズボンのベルトに手をかけてくる。

「ちょ、ちょっと待──」

「ん、ちゅ♪」

高輪さんは俺に見せつけるように、ペニスにキスをした。

「ふあああっ⁉」

驚きながらも、その柔らかな唇の感触に、勃起しかけていた肉棒が硬度を増し、ヘソに当たりそうなくらいに反り返る。

「んふっ♪　ご主人さまのここは、やめてほしいとは言っていないようですよ？」

艶っぽく笑うと、ちゅ、ちゅっと音を立てて、何度もキスをしてくる。

「う、あ……」

恋人なんて何年もいなかった。仕事が忙しく、帰宅したらすぐに寝るような生活だった。

だからというわけじゃないが、彼女にされることに逆らえなかった。

どうやら俺は、自分で思っていた以上に溜まっていたらしい。

「ご奉仕、させていただきますね」

そう言って、自らメイド服の胸元を開いた。

顔よりも大きそうな乳房が、たゆんっとまろび出る。

「あ……」

彼女のおっぱいを見て、思わず息を呑んだ。

柔らかく丸みを帯びた美しい曲線。たっぷりとしたボリュームのある乳房の先端、淡桜色の乳輪はふっくらと盛り上がり、乳首は存在を主張するようにつんと上向いている。

まだ幼さを残しているような表情と、十分以上に成熟している大きな乳房のギャップに、嫌でも興奮してしまう。

「た、高輪さんは——」

「私のことは、希実と呼んでください」

「いや、でも……」

吸い込まれそうなほど綺麗な瞳が、じっと俺を見つめてくる。

まっすぐなその眼差しには逆らい難く、自然と頷《うなず》いていた。

「の、希実は……いくら『福利厚生』だとしても、こんなことまでさせられていいのか？」

「させられているんじゃ、ありませんよ？　ご主人さまにご奉仕するのは、私が望んでいることですから」

「だったら、俺が今すぐやめろと言ったら？」

「……それが本当にご主人さまの願いであれば、ご奉仕をするのを諦めます」

彼女は悲しげに目を伏せる。そんな顔をしている彼女を突き放すような真似などできなかった。

理由を並べ立てたところで……本当は、彼女にしてほしいと、これからの行為に期待をしている自分がいる。

極上とも言える巨乳美少女が、奉仕をすると言ってくれているのだ。

彼女を拒絶することなどできないし、したくない。

「……その、頼んでもいいのかな？」

「はい♪」

欲望に負けた俺の言葉に、希実は嫌悪感を見せるどころか、嬉しそうに微笑むと、再びペニスに口を寄せてくる。

「ちゅ、ん……ちゅ、ちゅぴ、ちゅ……」

ピンク色の柔らかな唇が、何度も亀頭に触れる。

くり返される淡い刺激に、物足りなさを感じながらも、チンポはよりいっそう硬く張り詰めていく。

「ん……とっても、熱くて、硬くなっていますね……」

うっとりと呟くと、再びキスをしてくる。亀頭に、裏筋に、竿に、そのまま玉の近くに。

愛おしげに、大切そうに、指が這い、撫であげられる。

「ちゅ、ちゅむ、ん……あ、これ……先走りですよね？　ふふっ、感じてくれているんですね」

希実の言う通り、鈴口からじっとりと先走りが滲み出していた。

「それでは、そろそろ……こちらでも、しますね」

希実は軽く腕を組むようにして、自らの双丘を持ち上げる。

透けるような白い肌と、豊かな膨らみが生み出す、深く魅力的なその谷間から目が離せない。

「そんなにじっと見られると……少し、恥ずかしいです」

「あ、ああ。ごめん」

「でも、ご主人さまが望むのでしたら、私のおっぱい……いつでも、好きにしていいんですよ？」

そんなことを言われて、俺は思わず生唾を飲みこんだ。

「ふふっ、今は私に任せてくださいね……んっ、こうしておちんちんを挟んで……」

胸の脇に手を添え、おっぱいを寄せてくる。

むにゅんっ、と暴力的なまでに柔らかな膨らみにチンポが包まれた。

「うあっ⁉　すごい……」

「んふ♪　ご主人さまのおちんちん、とっても熱くなってます……。もっと、強くしますね……」

乳圧が高まる。滑らかな肌と亀頭や竿が擦れ、じわじわと快感が高まっていく。

「んっ、んっ、んふっ、ご主人さまのおちんちん、びくびくってしてます。気持ちいいですか……？」

もともと垂れ気味だった目を、さらにとろりとさせて尋ねてくる。

「ああ。こんなふうにされると……すごく興奮する」

美少女が自らおっぱいを使って奉仕する姿は、恐ろしく破壊力が高く、たまらないくらいにエロい光景だ。

でも、自分の手で扱くのに比べると、どうしても快感は薄い。そんな思いが態度に出ていたのだろう。

「……こうするだけでは、刺激が足りないみたいですね」

独り言のように呟くと、彼女は顔をうつむける。

「あ、いや、でも十分に気持ちいい――」

「ん、あ……」

とろりと滴った唾液が、亀頭や竿を濡らしていく。

「え？」

「おちんちをぬるぬるにして、もっと強く挟みながら擦ると……とっても気持ちが良くなるそうです……んっ、んっ」

希実の言う通り、唾液が潤滑液代わりとなって動きがスムーズになった。

胸の間を肉竿が出入りするたびに、ぬちゅぬちゅと淫音を奏でる。

より大胆に、より激しさを増した動きに、腰奥から湧き上がってきた快感がじわじわと広がっていく。

「う、うっ、く……！」

一気に強まった刺激に、自然と腰が震える。

「気持ち良くなってください……もっと、もっと……」

熱に浮かされたような顔で言うと、希実はおっぱいの谷間に埋まっていたチンポに口を寄せる。

「の、希実……？」

「んあ……はあぁむ♪　ちゅぷぷぷ……ん、んんっ」

口を開き、亀頭を咥えこんでいく。

熱く濡れている感触に包まれ、ゾクゾクとした快感が背筋を這い登ってくる。

「ちゅ、ぴちゅ……ん、ん、ちゅ、ちゅぴ、んふぁ……♥　はあ、はあ……おっぱいだけでなく、こうして口でも同時にすれば……気持ちよくなってもらえますか？」

「……うん、すごく気持ちいいよ」

「ありがとうございます。では……続けますね」

「ふっ、ふっ、んんっ♥　は、あ……んんっ♥　んっ、んっ、んあっ♥　んんっ」

希実は再び豊かな双丘で肉棒を挟み、乳房をたぷたぷと上下に揺すって擦ってくる。

「う、あ……はあ、はあ……うくっ」

女の子が奉仕してくれている姿に興奮し、柔らかな乳房に包まれながら、擦られる快感をしっかりと覚える。

さっきまでパイずりでは感じないなんて思っていたけど、たしかに射精しそうなくらいの快感がある。

「ん……ん、じゅる……ちゅ、ちゅむ、ん……ふっ、ちゅむ、ちゅ……ぴちゃ、ちゅ……」

亀頭や裏筋に舌を這わせ、唾液を塗り広げるように舐め回す。

そうしながら、上目遣いに俺を見てきた。

「くぷ、くぽ……んっ、んっ……ちゅくちゅむ……ろうれふか？　ごひゅじんひゃま……ぴちゅ、ぴちゃ……ん、んっ」

唇が亀頭を擦り、カリを引っ掻くように刺激する。

唾液で濡れ光る肉竿を、おっぱいで挟みながら扱きあげてくる。

俺の感じるやり方を探るように、少しずつやり方を変え、動きを変えながら、彼女は奉仕を続ける。

「ちゅ、ちゅむ、ちゅ……じゅるっ、ちゅぱっ、んっ、んっ♥　んんっ、んっ、ん、はぁぁ……」

「すごい……気持ちいいよ……」

「ん、ありはろうごらいまふ……れろ、ん、ん、ちゅむっ」

俺の返答に満足したのか、希実が嬉しそうに目を細める。

「もっろ、きもひよくなっへくらはい……ちゅむっ、ちゅぶっ、くぷ、くぽ……じゅちゅ、ちゅぶ、じゅるるっ」

よりいっそう熱の籠もった奉仕に、粘つくような淫音が大きくなっていく。

パイずりとフェラチオを同時にされている状態なのだ。二重の刺激に、どうしたって快感は昂ぶっていく。

「希実、そろそろ……出そうだっ」

「ぴちゅ、ちゅ……んっんっ♥　射精、しそうなんですか？」

俺の反応を確かめるように、上目遣いに見上げてくる。

そうしながらも彼女の動きは止まらない……いや、よりいっそう激しくなっていく。

にちゅにちゅにちゅにちゅにちゅ！　希実の唾液とカウパーでぬめる乳房の谷間で、チンポを擦りあげられる。

透明感のある白い肌を、唾液とカウパーの入り混じった淫液が汚していく。

本来は授乳のための器官を、淫らな行為で穢《けが》している——そんな背徳めいた感情に、さらに昂ぶっていく。

「あ、ああ……出るっ、これ以上されたら……もう、我慢できないっ」

熱く痺れるような刺激がそのまま快感となり、腰の奥から湧き上がる衝動がさらに大きく膨らんでいく。

「出してください……ご主人さま、んっ、ちゅぷっ……私のおっぱいとお口で、いっぱいぴゅーぴゅーしてくださいね♪」

希実はそう言うと、赤黒く染まって張り詰めているチンポを、はぷっと咥えこんだ。

「う、あっ！」

ああ、もう、だめだ。

「希実……出るっ！　あ、ああっ!!」

腰が、跳ねた。

そして、溜まりに溜まっていた白濁が迸《ほとばし》る。

「んうぅっ!?」

目をぎゅっと閉じて、希実は俺の射精をその口で受け止めていく。

だめだと思いながらも、最後の一滴まで全て彼女の口へと吐き出していた。

「ん、んくっ、ごくっ、んっ、ん、ん……こくん……」

小さな唇をいっぱいに開き、より深く亀頭を咥えながらも、頬を軽く窄《すぼ》めて吸いついてくる。

「ん、んじゅっ、じゅちゅ、ちゅむっ、じゅるるるっ、ちゅぷ、んじゅううっ」

「う、あ……！」

射精直後なのに、さらに強烈な刺激を受けて腰が跳ねる。

「ぷあっ♥　はっ、はっ、はあ……」

ペニスから口を離すと、希実はとろりとした顔をして、唇にそっと指を添えた。

「孝弘様、私のふぇらちお、いかがでしたでしょうか？」

「ああ、その……」

会社の『福利厚生』というには、サービスが過剰なような気がする。

俺がここで満足していないと言えば、彼女はどうなるんだろう？

さっきまでは一緒にいることに抵抗を覚えていたのに、今は別れを怖れている。

……我がことながら、男というのはまったく単純で度し難いものだと自嘲してしまう。

「孝弘様？」

「あ、ああ。最高だった。すごく良かったよ」

「ありがとうございますっ」

何がそんなに嬉しいのか、希実は心から喜んでいるようだった。

「ふつつかものですが、よろしくお願いいたします」

「あ、うん……こちらこそ、よろしくお願いします」

俺がそう言うと、彼女は花が咲いたような笑みを浮かべる。

「ありがとうございます。毎日、いっぱいご奉仕させていただきますね、孝弘様♪」

それは俺の日常が、嘘偽りなく最高にハッピーになった瞬間だった。

第一章　ご主人さまになりました

朝、目覚めると、枕元にあるスマホへと手を伸ばす。

アラームを設定しておいた時間よりも早いが、いつもよりも爽快な気分で——と、そこまで考えたところで、俺は慌てて自分の隣へと目を向けた。

昨日は、ご主人さまと同じベッドで寝るメイドなんていませんと、ソファを使おうとする希実を説得して一緒に寝たはず。

しかし、すでに彼女の姿はなく、触れたシーツには温もりも残っていなかった。

……昨日のあの出来事は全て、俺の妄想か夢だったのだろうか？

「おはようございます、ご主人さま」

メイド服姿の希実がひょこっと顔をのぞかせながら、笑顔で声をかけてきた。

「あ、ああ、おはよう」

彼女がいてくれることに、ほっと胸を撫で下ろしながら応える。

「今日はお休みですし、もう少しのんびりしていても大丈夫ですよ？」

「そうしたいところだけど、なんだか目が覚めちゃって……」

「それでしたら、すぐに朝食を用意しますね」

「ありがとう」

「いえ、メイドとして当然のことですから」

にっこりと明るく笑い、キッチンへと戻っていく。

彼女が『福利厚生』のために来てくれたのは納得したが、家にメイドがいる光景には簡単には慣れることができそうもないな。

俺が住んでいるのは、やや広めの1LDKだ。寝室にしている部屋から出ると狭い廊下があり、彼女のいるキッチンの手前に洗面所がある。

なので、身支度をしようとすれば、自然と料理をしている彼女の姿が目に入る。

「どうかしましたか？」

俺の視線に気づいたのか、希実が小首を傾げる。

「ああ、いや。たいしたものだなって、見蕩れていただけだから」

「ふふっ、ありがとうございます」

「悪いけど、後は頼むよ」

「はい、お任せください」

洗面所へ向かい、身支度を調えて戻ったときには、リビングのテーブルにはすでに料理が並んでいた――ただし、一人前だけ。

「あれ……？」

「どうかなさいましたか？」

「いや、希実の分は？」

「私はご主人さまが食べ終わった後にいただきます」

メイドとしてならば、それが当然なのかもしれないけれど、常に背後に控え、俺を煩わせることなく給仕をする……なんてことをされたら、味もろくにわからなくなってしまう。

一日だけならともかく、これから一緒にいるのならば、それは受け入れられない。

「一緒に食べようか」

「私はメイドですから。ご主人さまと同じテーブルにつくことなんてできません」

「……じゃあ、主人としてのお願いなら聞いてもらえるかな？　食事は俺と一緒に食べること」

「それは、ご命令でしょうか？」

「命令じゃないとダメなら、そういうことでもいいけど」

「……わかりました。では、今後はご一緒させていただきます」

「わがままを言って悪いね。ひとりで食べているのは落ち着かないし、ふたり一緒のほうが美味いし、楽しいと思って」

「では、失礼しますね」

そう言って、希実は食卓の向かいに腰を下ろした。

飲み会などではなく、自分の部屋でこうして誰かと一緒に食事をするのは、久しぶりのことだ。

「それじゃ、改めていただきます」

「いただきます」

昨日も思ったけれど、希実の作ってくれた料理は美味しい。

仕事の日も休日も関係なく、朝は適当に焼いたパンをインスタント珈琲で流しこんで終わり。もしくは、途中のコンビニで適当に買っていくだけだった。

そんな状態と比較するのはおこがましいが、普通に温かな朝食をゆっくりと食べることができるのは贅沢だ。俺がそう言うと。

「ご主人さま、そんなことをしていては体を壊してしまいます。これからは毎日、私が作りますので、しっかりと食べてくださいね」

そう叱ってくれるが、可愛らしさが先に立っているのは自覚しているのだろうか。

「わかった。そうするよ」

久しぶりに体だけでなく、心まで満たされるような食事ができた。

食器の片付けをする希実の姿を、なんとはなしに眺める。

……こうして明るい場所で見ると、彼女の可愛らしさは際立っている。それに、相変わらず目のやり場に困るような、露出面積の大きな服装だ。

そんな彼女の姿を見れば、どうしたって昨日の夜のことを思い出してしまう。

今日は休みなのでたっぷりと時間がある。あの甘美な時間をもう一度――。

「あ……」

「どうかなさいましたか？」

「これから一緒に暮らすとしても、着替えや日用品の用意はしてあるのかな？」

「必要な物は持ってきています」

「必要最低限ってことじゃないだろうね？」

念のために確かめると、希実はやや気まずげに視線を逸らした。

帰る家はないようなことを言っていたし、持ち歩いている私物は、玄関の脇にある小さめのキャリーバッグに入っている分だけなのだろう。

そうじゃないとしても、女性が暮らしていくための、様々なものが足りていないはずだ。

いつもの休日ならだらだらと過ごすだけだが、今日はすっきりと目覚め、美味しい食事のおかげで気力も満ちている。

「じゃあ、必要な物を買いに行こうか」

「え？　あ、あの……大丈夫ですからっ」

遠慮はいらないと言っても、彼女は受け入れないような気がする。

だったら、断れないような言い回しがいいな。

「メイドなら、主人公の言うことに従うものだろう？」

「う……ですが……」

「これも、お仕事だよ。今日は俺との買い物に付き合うこと」

「ありがとうございます、ご主人さま」

「お礼を言うのは、デートできる俺のほうだよ。それじゃ片付けが終わったら買い物に行こう」

「はい♪」

うまく説得できたのはよいのだけれど、さすがに今の格好のまま外へ連れ出すわけにはいかない。

エロメイド姿のコスプレをした美少女を連れ歩くおっさん。

……うん、確実に案件ものだ。

まずは彼女の服装をどうにかして、それから日用品の買い出しをしよう……そんなことを考えていたが、それは杞憂でしかなかった。

俺たちは、ショッピングモールまで車でやって来ていた。家からは少し離れているが、必要な物を揃えるには便利だからだ。

問題は、彼女が身に着けているメイド服のほうだ……。

「希実は、そういう服も持っていたんだな」

彼女は今、ややクラシックな感じのデザインのメイド服を着ている。

コスプレ感はあるけれど露出も少ないので、先程まではまだ、一般的だと言えるだろう。

「はい。目的によって身嗜《みだしな》みを整えるのは、使用人として当然のことですから」

「そ、そうかな」

普段の仕事のときは？　と突っ込みそうになって口を噤《つぐ》む。

俺の前——部屋でふたりきりのときは、あの大胆で少しエッチなメイド姿でいてほしいからだ。

「どうかしましたか？」

「いや、よく似合っていて、見惚れていただけだ。それじゃ、行こうか」

「……あの、ご主人さまがお望みでしたら、部屋で着ていたメイド服に着替えますけれど……」

「外に出るときは、今のほうがいいな……いや、いっそ普段着も何着か買おうか？」

「お気持ちは嬉しいのですけれど、私はメイドですから」

やんわりと拒絶されてしまった。どうやら彼女は、メイド服以外を着るつもりはないようだ。

「さっそくだけど、希実から見て必要な物ってあるかな？」

「そうですね……まずは、調理器具でしょうか」

そういえば、家にあるのは小さめのフライパンと鍋だけだ。

ひとりのとき、しかも適当にやっているときは問題なかったけれど、ふたり分の料理をするには不足だろう。

案内板を確認して、キッチン用品のコーナーへと向かう。

「……なあ、希実。どうしてその位置に？」

家を出たときから、希実は俺の左斜め後ろ側に一歩ほど離れた位置を歩いている。

「メイドですので、当然のことです」

「話をしにくいし、できれば隣に来てほしい」

「ですが……」

なるほど、これもメイドとしてのこだわりの一つだろう。ならば、こちらもご主人さまの権限を濫用させてもらうとしよう。

「主人としての命令だとしても？」

「……わかりました。では、お隣を失礼いたします」

そう言って彼女は俺の隣に並んだ。

歩いていると、妙に視線を感じる。ちらちらと見るだけならばともかく、幾人かはぎょっとした顔をした後、まじまじとこちらを見ている。

気持ちはわかる。いきなりメイドが——それも、可愛くてスタイルの良い美少女が歩いているのだ。

とはいえ、いちいち周りの反応を気にしていてもしかたない。彼女と一緒のときはそういうものだと割り切ることにした。


「これでキッチン周りは大丈夫かな。次はどうする?」

ひとり暮らしを始めた頃に来たきりで、ほとんどこういう場所では買い物をしていなかった。

なので、申し訳ないとは思うが希実に丸投げだ。

……せめて荷物持ちとして、がんばるとしよう。

「そうですね……。調味料をもう少し揃えたいのですけれど、よろしいですか?」

「ああ、もちろん」

こうして話をしていて気づいたが、使える道具や、できることがだいぶ制限される状態で、料理をさせてしまっていたようだ。

調味料コーナーへ行くと、俺は圧倒されてしまう。

「こんなに種類ってあるのか？」

近所のスーパーの棚でさえ、何に使うのかわからない物が少なくないのに、規模が違う。

そんな中、希実は迷うことなく選別していく。

「……すごいな。よくわかるものだ。メイドの嗜《たしな》みってやつなのか？」

「それもありますが……私、料理をするのが好きなんです」

はにかむような笑みを浮かべている。そうして、一通りは揃ったようだった。

「それじゃあ、次は……何を見に行く？」

「あとは、掃除をするのに必要な道具もいくつか……」

「うちは掃除機くらいしかないからな。たしかにそっちも必要か」

「申し訳ありません」

「希実が謝ることは何もないよ。面倒をかけているのは俺のほうだから。必要だと思うものは遠慮せずに言ってほしい」

「はい、かしこまりました」

まずは希実と一緒にホームセンターを見て回る。

必要な物だけを選んで購入していたはずだが、気付けばかなりの量になっていた。

配送だと時間がかかるし、これだけの品を持って帰るのも大変だ。車で来て正解だったな。

「さて、次は家具のほうに行くか」

「家具屋さんですか？　何か新しく購入されるのでしょうか？」

「ベッドだよ。いつまでも今日みたいに、一緒に寝るわけにはいかないだろう？」

「たしかに、ふたりで寝るには少し狭いかもしれませんね」

「……ふたり？」

あれ？　なんだか話が噛み合っていないような気がする。

「希実のベッドを買いに行くんだよ？」

「え……？　あ……！」

みるみる顔が赤くなっていく。

「す、すみません。今後もご主人さまと一緒のベッドに……なんて、図々しいことを考えてしまって……」

そう言われて、俺も顔が熱くなってしまう。

「あ、ああ。そうか。いや、希実がそれでいいなら、俺はかまわないけど」

「お部屋のスペースは限られていますので、ご一緒させていただいてもいいですか？」

上目遣いにおずおずと聞いてくる。

そんな顔をされては、せっかく抑え込んでいる衝動が再び強く湧き上がってきてしまう。

「うん、それじゃこれからも一緒ということで」

「ありがとうございます♪」

ふわりとした嬉しそうな笑みを浮かべる。

……つまり、昨日のようなことや、それ以上のこともするつもりがあるのだろうか？

だったらセミダブルかダブルベッドにしたほうがいいんじゃないか？

そんなことを考えているとスマホが震えた。

「……っと、ごめん。少し待っていてくれ」

希実に一言、断りを入れて画面を見ると、表示名は会社だった。

嫌な予感がするが出ないわけにもいかない。

「……はい、植野です」

やはりというべきか、会社からの連絡は休日出勤の要請だった。

俺以外の誰かに……と言いたいところだが、同僚もすでに呼ばれているようだ。

「ごめん。会社から呼びだしだ。他の買い物はまたの機会にしよう」

「家のことは私に任せて、お仕事がんばってください」

休日の上、会社側からの要望だ。車で家まで戻るとすぐに、私服のままでも良いだろうと着替えもせず、急ぎで出社する。

「おつかれー」

待ってましたとばかりに同僚が声をかけてきた。

「おつかれ……って、ほとんど全員が呼び出されているのか」

「ああ。せっかくの家族サービス中だったんだがな……埋め合わせをしないと、子供に何を言われるか……」

「私もですよ。ひさびさに彼とデートしてたのに……」

そんな愚痴に続くように、他のメンバーも不満を口にする。

家族の時間や、恋人との時間を邪魔されれば文句の一つも言いたくなるだろう。

そこまで考えて、ふと疑問を感じた。

妻や恋人がいるところにも、『福利厚生』でメイドが派遣されているのか？

幸いというべきか、呼び出されているメンバーは、気心の知れた同期が多い。

「なあ、勤続五年の『福利厚生』ってどうだった？」

お前にところにもメイドが来たのか？　とは聞きにくくて、ボカした言い方で尋ねた。

「俺のとこは千葉ネズミーランドの家族向け年間パスポートだな。今日は途中で帰ってきたから、埋め合わせでまた来週も行くことになるだろうな……」

「え？」

「家族向けだとそういうのもあるんですね。私は有給の日数の増加にしました」

恋人とのデートを邪魔されたと言っていた同僚が、話に参加してくる。

あれ？　メイドは？　まさか、俺だけなのか？

「僕は昇給です。月額ではそれほど増えてはないけど、ボーナスのときもちょっと多くなるみたいでしたね」

彼らの口調からすると、今回の『福利厚生』は、内容を選ぶことができたのかもしれない。

……これだと、希実のことは秘密にしておいたほうが良さそうだ。

俺がお金よりメイドを選んだみたいに思われるのもな……。

「なあ、植野は何にしたんだ？」

「あ、ああ。俺も昇給だよ」

「そうなのか……俺もそうすれば良かったかも」

周りに適当に話を合わせながら、俺は目の前の仕事を片付けていった。

休日に呼び出されたが、『福利厚生』措置のおかげか、みんなのやる気が違っていた。

それもあってか、普段の帰宅時間と同じくらいには作業も終わり、俺はやや急ぎ足に帰宅した。

「ただいまー」

「お帰りなさい、ご主人さま」

笑顔の希実に出迎えられ、ほっと胸を撫で下ろす。

同僚から話を聞くことで、メイドが部屋に来たことのおかしさがはっきりした。

だから、帰宅したらいなくなっているのではないかと、不安を抱いていたからだ。

「お仕事、お疲れさまです。お風呂もお食事も用意してありますけれど、どちらからにしましょう？」

「希実は夕飯は食べた？」

「ご主人さまよりも、先にいただいたりしません」

心外です、というような顔をされてしまった。

メイドとしての仕事に誇りを持っている相手に対して、失言だったかもしれない。

「ああ、すまない。そうだよな。じゃあ、先に夕飯にしようか」

「はい、わかりました。すぐに用意しますね」

希実の作ってくれた料理は、どれも美味しい。

彼女の手料理に慣れてしまうと、他の食事では満足ができなくなりそうだ。

身も心も満たされるような食事を終え、その余韻にのんびりと浸っていると、片付けを終えた希実が声をかけてきた。

「ご主人さま。お風呂に入る前にマッサージはいかがでしょうか？」

俺の顔をのぞきこんでくるのに合わせ、ビキニ並みに生地の少ない胸元が揺れる。

「マッサージって……ええと、そういうことだったりする？」

「そういうことと言いま――あ」

聞き返す希実は、途中で意味を理解したのか、みるみる顔を赤く染めていく。

「ち、違いますっ。普通のマッサージです！　少し体をほぐしてからお風呂に入ったほうが疲れがとれて、ゆっくりお休みできるようになりますからっ」

あわあわと言い訳するように早口に言う。初々しい反応が可愛らしい。

初めて会ったばかりで、いきなりパイずりフェラをするくらいだ。彼女は経験豊富だとばかり思っていたけれど、違うのだろうか？

エロいことでなかったのは残念ではあるが、彼女の厚意を拒否することもない。

「それじゃあ、お願いしてもいいかな」

「はい、お任せください。では、ベッドの上に横になっていただけますか？」

彼女に言われた通り、ベッドの上にうつ伏せで横になる。

「ご主人さま、少し失礼しますね」

そう言うと、俺の腰の上に乗ってくる。

彼女の太ももやお尻の感触が伝わってきて、少しばかり緊張してしまう。

エッチなマッサージではないとはいえ、美少女に体を触られるのだ。

淡い期待があったのだが、それはすぐに甘い考えだと理解することになった。

「腕を失礼しますね。ここをぐっと持ち上げながら動かすと――」

バキッと肩が鳴る。

「ふおっ⁉」

「ずいぶん凝っているみたいですね。では、肩甲骨も剥がしていきますね」

希実に腕や肩を動かされるたびに、体がバキゴキグキと音を奏でる。

だ、大丈夫なんだろうか、俺の体……そんな不安を感じながらも、俺は彼女にされるがままだった。

「今日はこれくらいにしておきましょう。いきなりやり過ぎると反動も大きいですから」

「は、はは、そうなんだ……ん？」

軽く動かしてみると、たしかに体はほぐれ、肩から背中に感じていた張りや重さがずいぶんと軽減されている。

行ったことはないけれど、整体後ってこんな感じなんじゃないだろうか？

「……すごいな。すごく楽になったよ」

「無理をしすぎてはダメですよ？　明日は普通のマッサージで、明後日は今日と同じように整えていきましょうね」

「よろしくお願いします」

「はい、お任せください♪」

こうして希実に色々としてもらって気づいた。

自分が思っていた以上に、体にも心にも負担がかかっていたようだ。

食事も睡眠も質が大事。そしてちゃんとすると効果が違う。さらには、体もそうだ。普段からもっと気遣っていれば、疲れの蓄積もなかったんじゃないだろうか。


夜、寝るときになってから思い出したのだけれど、家具を購入する前に会社に呼び出されてしまったし、部屋のベッドはこれからもシングルのままだ。

ふたりで眠るには狭いので、どうしても希実と身を寄せ合うような体勢になる。

黙っているとベッドの端に寄ろうとするので、彼女もちゃんと休めるよう、俺の近くにくるように〝命令〟をしたのだけれど……失敗だったかもしれない。

希実は俺の胸に顔を埋めるようにして、間近で眠っている。

ふわりと鼻腔をくすぐる良い匂いと、薄布一枚の向こうにある温もり。そして、ときおりこぼれる艶を含んだ吐息。

……これって、生殺しだよな。

手を出しても、彼女ならば受け入れてくれそうだ。けれど、寝ているところを襲うのは、さすがに無しだろう。あり得ない。

彼女に背中を向けて、ただ無心に羊の数を数え続けているうちに、どうにか眠りに落ちた。


翌日は、希実が起こしてくれるまで、ぐっすりと眠っていた。

緊張で少しばかり睡眠不足気味ではあるが、体調は悪くない。

「おはよう、希実」

「おはようございます、ご主人さま」

笑顔で応える希実は、昨晩、俺が邪《よこしま》な思いを抱いていたことに気づいてはいないようだ。

朝食を済ませ、作ってもらった弁当を持ち、会社へ。いつものように仕事をこなし、少しばかりの残業を終えてから帰宅する。

希実のおかげで体のほうはリフレッシュできたが、心の底に澱《おり》のように沈んでいる疲れはすぐに消えるわけじゃない。

だから、甘えて悪いとは思ってはいるけれど、夕飯の後に彼女にマッサージを頼んだ。

「う……あ……そこ、気持ちいい……」

「肩もですが、背中も凝っていますね」

ぐっ、ぐっと、希実が体重をかけ、的確に凝っている場所を探り、ほぐしていく。

今日のマッサージは先日のように激しくない。ごく普通のものだ。

あまりの心地良さに、このまま眠ってしまいたくなる。

……もっとも、しっかり風呂に入った五時間は、風呂に入らない六時間よりも回復の度合いが違う。

不潔にして希実に嫌われたくないし、眠気に負ける前に風呂に入ったほうがいいよな……。

すっかりと身を任せ、心地良い時間に浸っていると、希実の手が止まった。

「……う、ん？　終わりかな？」

「マッサージは終わりました。あの……この後は、どうしますか？」

「この後……？」

「昨日、ご主人さまが仰っていたような……マッサージについて調べておきました」

「…………え？」

一気に目が覚めた。

「上手にできるかわかりませんが、ご主人さまがお望みでしたら……」

目許を染め、目を潤ませて尋ねてくる。

……会社の『福利厚生』でそこまでしてくれるのはどうしてなのか、そのことが気にならないと言えば嘘になる。

でも、それを問いただしたら、彼女がいなくなってしまうような気がして、口にすることができないでいる。

「……希実は、いいの？」

「もちろんです」

「それじゃ、してもらえるかな？」

「はいっ。ご主人さまに満足いただけるように、がんばってマッサージをしますね」

恥ずかしがってはいるけれど、嫌がってはいるわけではない……というか、乗り気のようだ。

「では、ご主人さま。申し訳ありませんが、仰向けになっていただけますか？」

「これでいい？」

言われるままに体の向きを変える。

「では、失礼します」

希実はわずかな躊躇いの後、覚悟を決めたように俺の上に跨がってきた。

「あ、あの……重くありませんか？」

「大丈夫……というか、軽いと思うけど？」

そう答えながら、俺は視線を逸らした。

「あの……気遣っていただかなくても大丈夫ですので、重かったらちゃんと言ってくださいね？」

俺の態度を見て、嘘だと思ったのだろうか。希実が気遣わしげに聞いてくる。

「いや、そっちのことは大丈夫。本当に、重いだなんて思っていないから」

「そっち……とは？」

俺の顔をのぞきこむように、体を前傾させて小首を傾げる。

ビキニのような布面積しかないので、おっぱいを支え切れないのだろう。

彼女が動くたびに、大きな胸がたゆん、たゆんっと揺れ踊る。

それは、視覚に対する暴力だ。

抵抗することもできずに視線を奪われ、見ているだけで鼓動が速まり、股間が滾《たぎ》ってくるのを感じる。

「あ……」

希実も俺が勃起していることに気づいたようだ。

頬をさらに赤く染め、視線を左右に揺らしている。

「これは、その……」

「ご主人さま、さっき『そっち』は大丈夫だって言ってましたよね？」

「あ、いや……それは……」

「……その後は、ずっと私のおっぱいを見ていました。もしかして、大丈夫じゃない〝こっち〟って、そういうことですか？」

希実は俺に見せるように腕を組むようにして、胸を軽く持ち上げる。

こうなっては正直に言うしかないだろう。

「ああ。希実の胸を見て、興奮してた」

「そ、そうなんですね。普段はあまり見ていただけなかったので、小さいほうがお好みなのかと思っていました」

「どちらかというと大きいほうが好みかな。希実の胸をあまり見てなかったのは……ただのやせ我慢だよ」

「どうして我慢しているんですか？」

「どうしてって……性的な目で見られるのは嫌なんじゃないかと思って……」

「見られるのが嫌でしたら、部屋の中でも露出の少ないメイド服を着ます。私がこの格好をするのは、ご主人さまの前だからですよ？」

「それって……」

「見るだけじゃなくて……こういうことも、してもいいってことです」

俺の手を取ると、自分の胸に押し当てる。

「ん、あ……♥」

パイずりフェラをしてもらったときにも感じていたが、やはり素晴らしい。

すべらかな肌の感触や、たっぷりとした重量感のある膨らみ、そして軽く力を入れるだけでどこまでも指が埋まっていくような柔らかさ。

その幸せな感触に、一瞬、思考が停止してしまう。

「どうですか、ご主人さま？」

「あ、うん……すごく、綺麗で、興奮する」

すると希実もペニスの感触を確かめるように、腰を軽く前後させる。

スカートから伸びている柔らかそうな太ももや、可愛いおヘソも魅力的だ。

彼女のそんな媚態を見て、ズボン越しにもはっきりとわかるほどペニスが勃起している。

「張り詰めてて……このままだと、苦しいですよね……？」

希実は少し後ろに下がると、俺のズボンを脱がしていく。

「あ……こんなに大きく……すぐにご奉仕しますね」

希実はスカートの中に手を入れてパンツを脱ぐと、再び俺の腰の上に跨がり、肉棒に割れ目を押し付けてきた。

「ん、は……とっても、硬くて、熱くなってます……」

艶っぽい笑みを浮かべてそう呟くと、ゆるやかに前後させていく。

擦れるたびに、希実のそこが熱を帯びてくるのがわかる。

「ん、んっ……は、あ……んっ、ん、ふ……あ、あんっ、ふ……」

腰の動きが速まるにつれて水気が増し、くちゅくちゅと粘つくような淫音を奏でる。

このままでも十分に気持ちがいい。けれど、もっと強く彼女を感じたい。深く彼女と繋がりたい。

そんな気持ちが伝わったのか、希実が動きを止めた。

「希実……？」

「もう、大丈夫だと思います。ですので…………ご奉仕、しますね」

愛液に濡れた竿をそっと掴み、自分の股間へと宛がう。

「ふぅ、ふぅっ、ん…………は、あ…………」

深く息を吐くと、希実は腰を下ろしていく。

「ん、くっ…………あ、んくうっ!!」

何かを引き剥がしたような感触と共に、熱く蕩けるような柔肉に包み込まれた。

「はあっ、はあっ、はあっ、う、く…………はっ、はっ、ん、はあ……」

希実は目を固く閉じ、体を強ばらせている。

その反応を見て、希実があまりこういうことに慣れていないのだと気づいた。

「……希実、もしかして…………初めて、なのか？」

驚き、戸惑いながら問いかけると、希実はこくんと頷いた。

ある程度は経験があると思っていたので、まさか処女だとは思わなかった。

「だ、大丈夫かな？」

「ご主人さま、すみません。少しだけ……う、このままで……」

おそらく、結構な痛みがあるのだろう。希実は顔を軽くしかめている。

「ごめん。わかってなくて。痛いんだったら、ここで終わりにしても――」

「だ、だめですっ。私、ちゃんとご主人さまにご奉仕しますっ、できますから……最後まで続けさせてください」

希実は俺の言葉を遮るように言うと、まっすぐに見つめてくる。

「……わかった。でも、本当に無理そうなら止めるからな？」

「はい、ありがとうございます」

うっすらと目の端に涙を浮かべながらも、彼女は嬉しそうに笑う。

古い考えかもしれないけれど、こういうこと――しかも初めてならば、特別な相手とするべきものだろう。

仕事だとしても、俺が相手でいいのか？

強要されてしているようには見えない。けれど、どうしてそこまでするのか理由もわからない。

「ん……痛みが引いてきました……少し、動いてみますね……」

そう言うと、希実が腰をゆっくりと上げる。

痛いくらいに締めつけてくる膣道と亀頭が擦れ、熱く痺れるような快感が生まれる。

「く……！」

「はあ、はあ……びくってしました。ご主人さま、気持ちいいですか？」

「すごく気持ちいいよ。希実は無理をしてないか？」

「ん……はい。この体勢だと、自分の思う通りに動けますし、無理はしていませんから」

その言葉を証明するかのように、希実はさらに腰を上下させる。

「んっ……ん、くぅ……ん、んっ……はあ、はあ……ん、あ……」

ゆっくりと、亀頭だけが膣内を出入りするような浅い動きをくり返す。

「痛みは平気なのか？」

「ん、ん……はい。ジンジンしますけれど……でも、ご主人さまにご奉仕しているんだって思えば……あ、んんっ」

それが強がりだけではないのは、結合部を見ればわかる。

滲んだ血で赤くなっていた肉棒は、先走りと愛液で洗い流されたかのように、淫らに濡れ光っていた。

それが陰唇を押し広げながら深く埋まり、膣襞を擦りながら引き抜かれていく。

「んん、んっ、あ、は……んっ、んっ……はあ、はあ、んあっ、あ、ふ……」

息を弾ませながら、希実が腰を振る。

深く、浅く。だんだんと速さを増しながら、おまんこを出入りしている。

「んっ、はぁ、んあっ♥　ご主人さま、ん、私の中、気持ちいいですか？」

「ああ、襞が締めつけてきて、すごく……！」

うねる膣襞が肉棒を咥えこんで蠢く。

その気持ちよさに浸りながら、彼女を見上げた。

「あふっ、ん、はぁっ……♥」

俺の上で淫らに腰を振っていく希実。

その大きなおっぱいが、身体が揺れるのに合わせて弾む。

「あ、ふ……♥　ご主人さま、どうですか？　んっ、んっ♥　気持ち、いいでしょうか？　んっ、んっ」

痛みがまったくないとは思えないが、希実はそんなことを感じさせず、それどころか激しくチンポを責め立ててくる。

「ああ、希実のおまんこ気持ちいい……！」

「あふっ、はぁっ……あぁっ、ご主人さまのおちんぽ、私の中でビクビクしてます……♥」

揺れるおっぱいに見とれながら、彼女の膣内で快楽に浸っていった。

「んっ、んっ、あ、あ、は……はっ、はぁ、はぁ……ん、ふ……」

ヒダヒダが亀頭に絡んで擦れ、膣道が蠕動しながら締めつけてくる。

熱く蕩けるような快感に、自然と息が荒くなっていく。

「希実、気持ちいい……う、あっ！」

「ふっ、ふぁっ、ご主人さまのおちんちんを、気持ちよくしたいのに……なってほしいのに……」

だんだんと動きが、ゆっくりとしたものになってきた。

後に手をつき、腰を下ろした状態で希実の動きが止まった。

「希実……？」

「はぁ、はぁ……あ、ん……はぁ、はぁ……もうしわけ、ありません……少しだけ、少し、したらすぐに……」

肌にうっすらと汗を滲ませ、肩で息をしている。

刺激が強かったのか、それとも疲労からか、希実は動けなくなっているようだ。

今回が初めてのセックスなのだ。

それでなくとも不慣れで、しかも騎乗位で動き続けていたのだ。そうなってしまうのもしかたのないことだろう。

　俺のほうが、彼女の態度や様子に、もっと気を配っておくべきだったのだ。

　ここまでがんばってくれたのだから、これ以上の無理を彼女に強いるようなことはできない。

「希実、ありがとう。続きは……俺がしてもいいよね？」

「ご主人さま……？」

　戸惑い混じりの眼差しを向けてくる希実に笑いかけ、その細い腰に手を添える。

　しっかりと凹凸のある女性らしいラインを描いているが、彼女に告げた軽いという言葉は嘘じゃない。

　ベッドのスプリングを利用するように、下から彼女の体を突き上げる。

「ご、ご主人さま……あっ⁉」

　一瞬、反動で浮き上がった体が、勢いよく腰の上へと降りる。

　今まで以上に深く繋がり、亀頭が彼女の子宮を押し上げるように突き上げる。

「ふああっ⁉　あ、んぅうんんっ！」

　頭をのけぞらせ、ブルブルと体を震わせる。

「あ……ご主人さまの……奥に届いて………」

　自分からしていたときは、無意識に加減や調整をしていたのだろう。

　今まで届いていなかった膣奥を突き、まだ触れていなかった場所を擦るように、より深くつながったまま小刻みに腰を使う。

「あ、あっ、ご主人さま……そんなに、されたら……ああっ、あっ、私、私……ご奉仕、できない……できなくなっちゃいますからぁ……んああっ♥」

「いいから、そのまま感じて……希実のエッチな声、もっと聞かせて」

無意識にか、希実は俺の動きに合わせるように腰を上下させる。

「はあ、はあ……あっ、は……んんっ、あ、あっ、ご主人さま……お腹の奥……ずんずんされると……体、ぞくぞくって……ん、んっ、んっ」

少しずつ痛みが紛れてきたのか、希実のこぼす吐息は艶を帯び、喘ぎ声が甘くなってくる。

「んっ、んっ、はっ、はあっ、はぁ♥ あ、あ……ご主人さま……んっ、んっ」

希実は俺の首に腕を回し、胸を押し付けるように抱き着いてくる。

大きな乳房が柔らかく変形し、勃起している乳首が俺の胸板と擦れ合った。

「はっ、はっ、はあ、はあ……！」

息が激しく乱しながら、体をくねらせ、腰をよじる。

濡れた膣襞にしごかれ、入口にもきゅうきゅうと締めつけられて、腰が蕩けそうな快感が広がっていく。

「ごめん、希実……もう、出る……出そうだ……く、うっ！」

彼女と、もっとこうしていたい。そう思っていても、あまりに気持ちが良くて、すぐにでも射精をしてしまいそうだ。

「はあ、はあ、んっ、んっ♥ ご主人さま……きて、ください……ご主人さまの、ください……私に、全部、出してくださいっ」

お尻を上下に振りたくる。

一気に強まった刺激に、俺はあっという間に限界を迎えた。

「希実……う、くぁあっ‼」

びゅるるっ！ どぴゅううっ！ びゅくびゅく、どぴゅうっ‼

熱い衝動が迸り、彼女の膣内を満たしていく。

「ふぁああ……♥ あ、ああ……………♥ あ、あああぁ…………あ……」

肺の中の空気を全て吐き出すような、深く、長い吐息と共に、希実は倒れこむように俺に抱き着いてくる。

「……大丈夫か？」

「はあっ、はあっ、はあ……はっ、は…………ごしゅじんさま……もうし、わけ……ありませ……あ、ん、ふあぁぁ……」

起き上がろうとしてるが、腕に力が入らないようだ。

「そのままで、いいから……」

マッサージではなくなってしまったが、希実と肌を重ねることで、ずいぶんと気持ち良くなれた。

香しい希実の体を優しく抱きしめ、快感の余韻が抜けるまでずっとそうしていた。


希実のおかげもあって、仕事を順調にこなせるようになった。

以前ならば、一日が終わる頃には気力が尽き、ぐったりとしていたのだが、今は違う。

「ただいまー」

「おかえりなさい、ご主人さま」

笑顔の希実に出迎えてもらうだけで、疲れも吹っ飛ぶというものだ。

コンビニで買った食事と、適当なシャワーを済ませ、万年床のようなベッドで眠る。

それが当たり前だと思っていた日々には、もう戻りたくない……いや、戻れない。

『福利厚生』として、希実を派遣してくれた会社には感謝しかない。

楽な部屋着に着替え、彼女の作ってくれた美味しい食事に舌鼓を打つ。

食休みの後にはゆっくりと風呂へ入り、汚れと共に疲れを流す。

すっかりリラックスした状態で、ソファに横になってゴロゴロしていると、希実が声をかけてきた。

「ご主人さま、よろしければ今日も、マッサージをしましょうか？」

最後までちゃんとできなかったことを、気にしていたのだろうか？

「風呂に入った後だけど……いや、後で入り直せばいいか」

「あ、あの、今日のは普通のマッサージをさせていただくつもりでした」

「あ。その、ごめん」

彼女とそうしたいという思いから、つい希望が――いや、欲望が口を突いて出ていた。

「……ご主人さまがお望みでしたら、エッチなほうもしますけれど、どうしましょう？」

希実は顔を赤らめ、恥ずかしげに視線を揺らしながら尋ねてくる。

「と、とりあえず、今は普通のマッサージをお願いできるかな？」

「は、はいっ、わかりました。では今日は、ベッドの上にうつ伏せになって寝ていただけますか？」

彼女に言われるままにうつ伏せになると、前と同じように腰の上に乗ってくる。

今日は骨を鳴らすようなものではなく、体を揉みほぐすような優しいマッサージだ。

「う……すごく、気持ちいい……上手だよ」

股間や太ももなどの触れている部分から伝わってくる熱や、小さな手が体を這い、俺を撫でていく感触自体もすごくいい。

性的な興奮がないわけじゃないが、それよりも心身共にほぐされていくような喜びが大きい。

「ふふっ、ありがとうございます」

彼女に施術をしてもらったところが、じんわりと熱を帯びてくるのがわかる。

「ああ、そうだ。いつも、お弁当をありがとう。会社の同僚たちも羨ましがってたよ。それに、すごく美味しかった」

「喜んでいただけたようで、何よりです」

「みんなが食べてみたいってうるさくてさ……。明日は、少しおかずの量を多めにしてもらってもいいかな?」

「それでしたら、おにぎりやサンドウィッチのようなものにしましょうか?」

「手間がかかるんじゃないか?」

「たくさん作るのも楽しいですから」

「それじゃ、すまないけれど……頼めるかな」

「はい、お任せください♪」

それからは会社のことを話したり、家にいる希実がしていたことを聞いたりと、他愛のない会話を続ける。

そうしているうちに、マッサージも一通り終わったようだ。

「どうでしょう?」

「気持ちよくて、体も楽になったよ。ありがとう。でも……前とやり方が違うんだな」

もっとバキボキ、関節を鳴らすようなやり方だと思っていた。

「前にしたような体のバランスを整えるやり方ですと、負担が大きいんです。ですので、間をあけて、少しずつやっていくほうがいいんです」

「そうなのか……って、たしかに言われてみれば、それも不思議じゃないか。それにしても、こんなことまでできるなんて、希実はすごいな。マッサージ店を開いたら行列ができそうだ」

「ありがとうございます。ですが、メイドならこれくらい出来て当然です」

「……そ、そうなんだ」

「はい♪」

希実と話をしていると、メイドという職業に対するイメージがガラガラと崩れていく。

彼女ほど万能じゃなければいけないとなると、メイド職というのは、恐ろしく狭き門となるだろう。

少し興味を持って調べてみたけれど、メイドと一口に言っても、本来は様々な役割に別れているようだった。

しかし、彼女のしていることは、あまりに多岐にわたっている。

ほんとうに、働き者のメイドさんなのだった。

先週は休日出勤になってしまい、買い物が途中だった。なので俺たちは再び、少し郊外にあるショッピングモールへと来ていた。

希実が部屋に来てから、良い意味で生活が一変した。

彼女には感謝している。だからこそ、俺にできることをしたい、彼女が喜ぶことをしたいと思っているのだけれど……。

「……本当に、これでいいのか？」

「は、はい。ご主人さまがご迷惑でなければ……」

「迷惑だなんて思ったりしないよ。じゃあ、このセミダブルのにしようか」

「はい」

希実はほんのりと頬を染めて頷いた。

いつまでもシングルベッドで一緒に眠っているわけにはいかないので、彼女のベッドを買うつもりだった。

けれど、それに待ったをかけたのは希実自身だった。

別のベッドでもなく、ダブルベッドほどの広さでもなく、セミダブルが良いと。

……これって、つまり一緒に寝たいと思ってくれている、と考えてもいいんだよな？

処女を貰ってからは、彼女とはマッサージ以外の触れ合いはなかった。

体の負担もそうだが、彼女の体だけが目的だと思われたくないという小さなプライドもあったからだ。

さっそく配送を頼み、古いベッドは回収してもらって、新しいベッドを組み立てる。

「……これなら、少しくらい動いても大丈夫だな」

「そ、そうですね……」

かあああああっと、頭から湯気がでそうなくらいに希実が真っ赤になる。

どうかしたのか？　と聞こうとして、彼女が何を想像したのか、なんとなく理解した。

「ええと、せっかくだし、さっそく試してみようか」

「え？　た、ためすって……あ、あのっ」

「マッサージ」

「あ……」

「……とはいえ、するのは俺のほうだけど」

「ご主人さまがですか？」

「いつも希実にしてもらってばかりだろ？　罪悪感があるというか……」

「気にしていただけるのはありがたいのですが、私はメイドですから、ご主人さまにご奉仕するのは当然のことです」

彼女の信念とも言える考えを否定するつもりはない。

だから、ここはまたご主人さまの権限を利用させてもらう。

「それはわかってる。だからまた夜になったら頼むよ。でも今は、俺の気が済まないので希実にマッサージをさせてもらう。そこに横になるように」

「それは、ご命令でしょうか？」

「そう、ご主人さまの命令だよ？」

「わ、わかりました……では、お願いします」

俺がそう言うと、希実は素直にベッドにうつ伏せに横になる。

負担をかけないように、やや膝立ちになって希実の腰に跨《また》がった。さっそくマッサージを……というところで、手が止まる。

希実の着ているメイド服は後ろから見ても——いや、後ろ姿のほうが扇情的すぎないか？

「あの……ご主人さま？」

「あ、ああ。ごめん」

俺のマッサージなんて見よう見まねでしかない。希実ほど上手にできないだろう。

だからこそ、こう言っておかないと彼女はきっと我慢して何も言わないはず。

「それじゃ、マッサージをするけど、痛かったり不快だったりしたら、我慢せずに言うように」

「……かしこまりました」

まずは腰かな？

手の平で軽く腰を揉みほぐしたあと、自分がされて気持ちの良かった辺りを、親指の腹を押し込むように刺激する。

「ん、はぅ、んく……あ……」

腰周りをしばらくマッサージしていたが、彼女の反応は、気持ち良さとくすぐったさが入り混じったような感じだ。

希実が一番、マッサージを必要としそうなのは……肩かな？

巨乳は肩こりに悩むことが多いらしいし。凝ってなくても、肩を揉みほぐされるのは気持ちがいいだろう。

そう思って肩に手を置くと、その細さというか華奢さに驚いてしまう。

力を込めすぎないように気を遣いながら、希実がしてくれたのと同じように、肩から背中へかけてマッサージしていく。

「んっ、は………あ、うっ、んっ♥　んっ♥　あ、は……♥」

漏れ出る声が艶っぽい。

聞いているだけで、自然と股間が熱くなっていく。

日頃の感謝の意味もあってのマッサージ……そのはずだったのだけれど、これはまずい。

触れた体の柔らかさや、甘さを含んだ吐息。この前のことを思い出してしまい、異性を意識してしまう。

「あ、あの……ご主人さま」

俺を見上げる瞳は潤み、頬はうっすらと赤らんでいる。蕩けたような表情は、まるで発情しているようだ。

彼女の顔を見て、俺はごくりと喉を鳴らした。

「な、何かな……?」

「マッサージは、もう……大丈夫、ですから……」

まだ、始めたばかりなのに、これで終わり?

……だめだ。こんな状況で、そんな顔をされて、このまま終わりになんてできない。

「まだ、体が強ばっているじゃないか」

「そ、それは……ご主人さまの手が……」

さらに顔を赤くして、希実がごにょごにょと何かを口にする。でも、その理由を問いただすよりも、俺はマッサージを続けることを選んだ。

「……希実くらい胸が大きいと、肩こりが大変なんだよな? ここ、凝っているし」

少し力を入れたら折れてしまいそうな細い肩をほぐすように揉み、捏ねる。

「んぅっ、は、ん……」

「肩だけじゃなくて、こっちも……したほうがいいよな？」

そう言いながら、脇から手を差し入れておっぱいに触れると、手の平を押し返してくる膨らみを、ゆっくりと撫でていく。

「んっ、あ……ご主人さま……」

布越しに触れているだけでは物足りない。もっと触れたい……俺にも、触れてほしい。

俺の勘違いでなければ、希実は嫌がっていないようだ。だったら、このまま続けてもいいんだろうか？

希実が拒絶をしたらやめる。彼女が嫌がったら終わりにする。だから、もう少しだけ……。

「希実、このまま……いいか？」

「そ、それは……」

「嫌ならやめる。今なら、まだ止まれるから。でも、そうじゃないのなら……」

「……………わ、私は嫌じゃ、ないです」

「ありがとう、希実」

彼女が応えてくれる。そのことが嬉しくてたまらない。

「……希実、顔、隠さないで。仰向けになってもらってもいいか？」

「はあ、はあ……はい、こうでしょうか？」

仰向けになった彼女の頬に軽くキスをする。

「ひゃ……！」

驚きと戸惑いだろうか？　可愛らしい悲鳴を上げる。

最初のときは、あれだけ積極的だったのに、責められると弱いのだろうか？

そんな反応も可愛らしくて、頬や耳元、首筋に唇を落としていく。

「あ、あ……ん、ご主人さま……」

キスをしながら、くすぐったそうに小さく体を捩《よじ》る彼女の胸元に手を伸ばし、メイド服をはだけていく。

「あ……」

小さく声を漏らすが、希実は抵抗をすることなく俺にされるがままだ。

双丘を包んでいたブラを外してずらすと、ぶるんっと勢いよくおっぱいが露わになる。

仰向けになっているのに乳房はほとんど形を崩さない。

張りのある柔らかな膨らみの先端、淡い桃色に色付いている乳首にそっと触れた。

「あ、んっ」

そのまま指先でクニクニと弄ると、少しずつ硬度を増していく。

「ん、んっ、は……あ、んっ♥　ふあ……」

頬を赤く染めた希実が吐息をこぼすたびに、ぴくぴくと体を小さく震わせる。

彼女をもっと感じさせたい。

乳首への刺激だけでなく、ふっくらと盛り上がっている乳輪の縁をなぞるように、指先を這わせていく。

「あ、あ……くすぐったい、です……」

「くすぐったいだけ？」

すっかり勃起している乳首を指で上下に弾き、左右に転がす。

「ふぁっ⁉　あ、あっ、ん……そんな、されると……んあっ、あ、ふ……♥」

声だけでなく、表情も快感に蕩けてきた。

俺の愛撫で希実が感じている。そのことが嬉しくて、さらに胸を責めたてていく。

手の平から溢れそうな爆乳を持ち上げ、たぷたぷと揺らし、優しく揉み捏ねる。

このまま、ずっとこうしていたい……そう思うほど、希実の乳房は魅力的だった。

「はあ、はあ、あ、あ……ご主人さま……おっぱい、ばっかり……んっ、そんな、だめです……♥」

息を乱しながら、希実が訴える。

「そっか……それなら、次はこっちのマッサージをしようか」

膝に手を置いて、ぐっと足を左右に開かせる。

「あ……⁉」

反射的な行動なのだろう。希実は足を閉じようと力を込めた。

しかし俺は、彼女の足の間に体を入れてその動きを封じる。

「だめだよ。そのままの格好をしていて」

「は、はい……わかりました」

恥ずかしさに耐えているのか、希実はプルプルと震えながら足から力を抜いた。

スカートがめくれ上がり、パンツが見えている。

それはとても興奮を誘う光景だった。

「マッサージ、続けるよ」

すでに建前でしかないが、俺はそう告げると、膝から太ももへと手を這わせていく。

滑らかな肌を撫であげながら、足の付け根──鼠径《そけい》部に触れる。

「ん、あふ…………♥」

……この辺りを刺激されるのが、いいみたいだな。

「ここをほぐしていこうか」

親指を立てるようにして、太ももの根元をぐっ、ぐっと押していく。

「ん……は…………あ、んんんっ、ふ……！　は、あ……」

刺激する位置を少しずつ股間へと近づけていくと、希実の反応が大きくなっていく。

切なげな吐息をこぼし、腰を軽くくねらせる。

まるで誘うような動きに、俺はあえて触れないようにしていた彼女の敏感な場所──割れ目に軽く触れた。

「んあああっ♥」

パンツの上からでも十分な刺激だったのか、希実は軽く腰を震わせながら、甘く喘いだ。

「希実、少しだけお尻を上げて」

「はあ、はあ……ん、こう、ですか……？」

彼女が軽く腰を上げるのに合わせ、パンツを引き下ろした。

恥ずかしい場所——薄桃色の秘唇はわずかに綻び、愛液を滲ませている。

壊れものに触れるように、そっと股間に指を這わせる。

「ん……！」

そのまま指の腹で秘裂を軽く撫でる。

彼女の反応を見ながらしばらく続け、さらに充血してきた陰唇を左右に開く。

露わになった膣口に中指を添え、円を描くように撫でていく。

「あ、あ、あ……ん、あ……♥　ご主人さま……ん、んっ」

くちっ、くちっという音が、くちゅくちゅと湿り気を帯びたものへ変わってくる。

……これくらい濡れてきているのなら、大丈夫かな。

「もう少しほぐしていくよ」

「は、はい……」

彼女が頷くのを確かめてから、膣口を擦るように刺激していた指を軽く立て、先端をゆっくりと膣内に埋めていく。

「ん、ん、あ……ふあ………ん、くぅっ」

痛いくらいに締めつけてくるおまんこを、押し広げるようにして、指をさらに奥へ。

第二関節まで入ったところで、入れたときと同じようにゆっくりと引き抜いていく。

出して、入れて。丁寧におまんこをほぐしていった。

「あ……んっ、んっ、ふぁあ……あ、は……ご主人さま……んんっ」

入れるときは指を伸ばして、根元近くまで。抜くときは軽く曲げた状態にして、ヘソ裏を擦るようにする。

くちゅ、くちゅ、ちゅぷ、ちゅぐっ。

指の動きに合わせて、おまんこが水気を増した淫音を奏でる。

「ん、んあっ♥　あ、は……んっ、んっ、ご主人さまのが、私の中、動いて……んんっ♥」

刺激に慣れてきたのか、甘く喘ぎながら、希実が切なげな眼差しを向けてくる。

「もう少し、激しくしても大丈夫？」

「は、はい……んっ、大丈夫、です……もっと、動かしてください……♥」

おねだりにも似た返答を聞き、指を出し入れする動きを速めていく。

「あ、ああっ、んっ、んっ、あ、あは……んんっ」

気持ちよくなってきたのだろう。喘ぎ声にはっきりと快感の色が滲んでいる。

これだけ濡れていれば、大丈夫だろう。

最初のときは、初体験だとは知らなかった。しかたのないことではあったけれど、もう痛い思いはさせたくない。

「希実……もう、いいかな？」

「はあ、はあ……はい……大丈夫、です。して、ください」

生まれたままの姿になり、俺を受け入れようとしてくれている。

けれど、緊張しているのか、少しばかり表情が硬い。

じわじわするよりも、一息で入れたほうがよさそうだ——そう判断して、俺はぐっと腰を押し進めた。

「ふあっ⁉　んうううううっ‼」

戸惑い混じりの悲鳴と、噛みしめた唇の端からこぼれる、呻《うめ》くような声。

「いきなりだったけど、痛みはもう平気かな？」

「はあ、はあ……痛いのは、ほとんどないです。大丈夫、みたいです」

それが本当かどうかはわからない。彼女の言葉を信じるしかない。

とはいえ、初めてのときのようには、痛みで眉をしかめたりはしていない。

本当に、そこまでの苦痛はないようだ。

「続けるよ。痛かったりしたら――」

「ちゃんとご主人さまに言うこと、ですよね？」

「その通り。無理や我慢もしたりしないこと」

「わかりました。でも……本当に痛みはなくて……だから、んっ、ふっ……」

話しているときにも、小さく声を漏らしている。

本当に大丈夫なら……と、彼女の反応を確かめながら、ゆっくりと腰を引いてみる。

「はあ、はあ……んっ、ん、ふ…………は、あ……」

息を乱してはいるが、無理をしているような感じはない。

浅い部分で何度か出し入れをしてから、少しずつ深くチンポを挿入していく。

「ん、んっ、あ、あ……は、んくっ！　あ、あっ……ご主人さまの、硬いのが擦れて……すごく熱くなってます……んんっ」

痛みよりも快感のほうが大きくなっているのか、希実の表情や声が再び、蕩けたものへと変わってきている。

「この辺りを擦るのが、気持ちいいんだよね？」

そう尋ねながら、反応のよかった辺りに亀頭を押しつけ、そこを重点的にカリを使って擦りあげる。

「ふあッ⁉　あ、あ、ん……ど、して……わかるんですか？　んっ♥　あ、ああっ」

戸惑いながら、希実が聞いてくる。

少しでも痛みがまぎれないかと、希実の感じる場所を探っていたのだ。

「いいみたいだな……それなら良かった」

同じところを刺激するように抽送を行うと、希実はうっとりと俺を見上げた。

「あふっ、ご主人さま、ん、はぁっ……♥　わたしの、あそこ、気持ちよくなって……ん、んっ」

彼女は嬌声をあげながら、自ら身体を揺らしていく。

「あそこじゃなくて、おまんこだよ」

頬に手を添え、希実の感じるところを責めながら、恥ずかしい言葉を使うように告げる。

「あ……」

きゅっとおまんこの締めつけが強まる。

「はあ、はあ……あ……お、おまんこ……。私のおまんこ……んっ、気持ちいいです……んあっ」

「そっか。じゃあ、俺のチンポでもっと感じて、気持ちよくなろう？」

「はあ、はあ……はい、はいぃ……ご主人さまのが、私の中で動いて……擦れるたびに、んんっ」

「俺のチンポで奥をトントンされるの、いいのかな？」

「あっ♥　あっ♥　奥、とんとん、それ……されると、ぞくぞくって……気持ち、いいの、広がって……んあっ、ああっ♥」

「気持ちよくなってくれてるんだ。俺のチンポで、おまんこの奥を押し上げられて、ズンズンってされて感じてくれてるんだ」

ピストンを行うと、膣襞が絡み、肉竿を扱くように締めあげてくる。

「あ、あ、あっ、んっ、私、私……。あっ、ご主人さまっ、なにか、きます……あっ、あっ♥　ああっ♥」

刺激を受け止めきれないのか、希実はいやいやするように頭を振り、ひっきりなしに喘《あえ》いでいる。

「んはぁっ、あっ、ああっ……♥　ご主人さま♥　すごいの、きますっ、きちゃいますっ……！」

「イキそうなのかな？　いいよ、そのまま感じて……全部、受けとめてっ」

チンポが抜ける直前まで腰を引き、打ち下ろすように根元まで埋める。

降りてきている子宮を突き上げ、亀頭を押しつけたままグリグリと捏ねるように奥を刺激する。

「んひっ⁉　あ、あーっ♥　あ、あああ、あ、あっ♥　そ、れ、それ、されると……んくううっ‼　あっ♥　あっ♥　ああああっ‼！」

可愛らしい顔を淫らに歪ませ、乱れ、悶えながら絶頂へと向かって昂ぶっていく。

希実の限界が近い。

そして、それは俺も同じだった。

熱くぬめる膣が蠕動し、うねりながらチンポを刺激してくる。

「はぁ、はぁ……俺もイキそう……う、くっ」

快感に耐えながら、俺は最後の一押しとばかりに、カリ首で、竿全体で、初々しいおまんこを擦りあげる。

「あ、あ、ああ♥ ご主人さま……あっ♥ あああっ♥ あああーっ！ んっ♥ んっ♥」

小刻みな震えが全身へと広がっていく。

「希実……！」

彼女の腰をしっかりと掴み、腰を深く突き入れる！

「んうあぁっ!? あ、ごしゅじんさ……」

ひゅっと、深く鋭く息を吸ったかと思うと、希実はブリッジをするように背中を弓なりに反らした。

「ふぁ♥ あっ♥ んあ、あああああああああああぁぁっ!!！」

希実が絶頂を迎えた瞬間、俺も限界を超えた。

「く、ううあっ！」

びゅるるるっ、どぴゅうっ、びゅぐ、びゅるっ、びゅびゅうっ!!

勢いよく迸った精液が、希実のおまんこを満たしていく。

「あ、あぁ……あ、ふ……♥　あ、は……あ♥　たくさん……ん、ふあぁぁ……♥」

さすがに限界だったのか、希実はぐったりと脱力する。

さっきまで痛いくらいに締めつけていたおまんこが、ふわふわと柔らかく包みこんでくるようだ。

「希実、大丈夫か……?」

「ふぁ……あ、はぁい……だいじょうぶ、です……」

……あまり大丈夫じゃなさそうだな。彼女の負担にならないように、腰を引いてペニスをゆっくりと引き抜いていく。

「んうぅ……あふっ♥」

にゅぽっと真空音に似た音と共にペニスが抜けた後で、ぽっかりと開いていた膣口がきゅっと閉じていった。

「あ、ふ……あ、中から、溢れて……んんっ」

狭くなった膣道から押し出されるように、射精した精液がとろりと溢れ出し、会陰を伝わってシーツの上へと流れていく。

俺は彼女の隣に倒れこむように横になる。

「はあっ、はあっ、あ、ん…………。ご主人さまのマッサージ、エッチで、すごすぎです……はぁ」

「ああ、そっか……マッサージをしてたんだっけ」

すっかり忘れてしまっていた。

「……違ったんですか？」

「そういうことにしておこうか。また、マッサージをさせてもうこともあるだろうし」

「ふふっ、では、次はまた私が、ご主人さまにマッサージをしますね♪」

第二章　メイドと主人の共同作業

鼻腔をくすぐる、いい匂いに誘われて目が覚めた。

「おはよう」

「おはようございます。ふふっ、ご主人さま、寝癖がついていますよ?」

「おっと、顔を洗うついでに直してくるよ」

「よろしければ、私が整えましょうか?」

「ありがとう。じゃあ、頼めるかな?」

「はい、お任せください♪」

俺たちの関係は、ご主人さまとメイドというには、少しばかり互いの距離が近いかもしれない。

でも、これくらいのほうが居心地もいい。

いっそ、もっと口調も態度も崩して、気楽に——親しく接してほしいと思っているのだけれど……それはまだ難しそうだ。

食事を終えた後は、準備をして玄関へ。

「それじゃ、行ってきます」

「行ってらっしゃいませ、ご主人さま♪」

笑顔の希実に見送られて会社へ向かう。

以前は出勤するだけでも気力が尽き、朝からやる気になんてなれなかった。

だが今は違う。

毎日のしっかりとした食事と入浴、そして疲れを癒やすマッサージ。さらには、ほとんど毎日とも言えるエッチなご奉仕もあって、体調は良く、ストレスも無くなった。

仕事が忙しいことは変わっていないが、効率よく進めることができている。

自分の仕事に余裕をもてるようになれば、小休止を取ることもでき、周りの状況にも気を回すことができる。

以前ならば自分の仕事でいっぱいいっぱいだったのだが、周りの手伝いをすることも増えた。

会社でも、周りから驚かれるくらいに俺は順調だ。

そしてそれは、俺だけじゃない。

同じ部署に所属している同期も、この前の『福利厚生』の効果か、やる気に満ちている。

前に臨時ボーナスが出た直後もこんな感じだったっけ。

苦笑気味にそんなことを考える。

ウチの会社は仕事環境は悪くないはずだが、忙しさからややブラック寄りだ。

それでも社員たちの雰囲気がそこまで悪くなく、離職率も低い理由は、今回のことだけでなく会社側が従業員に気を遣っている部分も大きいからかもしれない。

……なんて考えるようになっている時点で、上層部の思惑にいいように踊らされてるのはわかっているが、自分たちが大切にされていると感じれば、モチベーションもあがるというものだ。

俺だけでなく、部署全体で助け合うことができる空気が自然と生まれてきているように感じる。

だからというわけではないが、残業が当たり前だったのに、今は定時に近い時間に帰宅することもできるようになった。

収入は少しばかり下がっているが、人間的な生活や寿命を切り売りするような日々を続けるよりも、ずっと良い。

彼女はきっと、自分は大したことをしていないと言いそうだけれど、俺がこうして仕事ができるのは希実が支えてくれているおかげだ。

希実に感謝しているし、この思いはちゃんと言葉では伝えているつもりだ。けれど、それだけでは足りない。

日々の生活で、彼女にどれほど助けられているのか、癒やされているのかを、行動でも示すべきじゃないだろうか？

……とはいえ、あまり大仰にすると彼女は受け入れてくれないかもしれない。

「そういえば……」

彼女は甘いものを食べるときに、いつも幸せそうな顔をしていた。

もしかしたら、甘い物――ケーキなんかが好きなんじゃないだろうか？

アクセサリーなど形に残る物ではなく、食べ物なら受け取りやすいはず。

さっそくとばかりにスマホを取り出し、今いる場所から行ける範囲で評判のよい店を探す。何店かはあったが、閉店時間が思っていたよりも早い。

まだ営業中の店が一軒だけあったので、俺は急ぎ足でそこへ向かった。

「ただいまー」

「お帰りなさい、ご主人さま」

家に帰ると可愛いメイドが待っていてくれる。それだけでも、一日がんばってきたかいがあると思える。

「あら？　それは……」

「ああ、これ？　ケーキだよ。冷蔵庫にでも入れておいて」

「どなたか、お客様がいらっしゃるんですか？」

「いや、お土産だよ。食事の後にでも一緒に食べよう」

「……私と、ですか？」

「もちろん、希実とだよ」

「ありがとうございます。では、これは冷蔵庫へ入れておきますね」

足取りが少し軽くなっているように見える。一緒に過ごす時間が増えたからわかるようになったが、どうやら希実は、少しばかり浮かれているようだ。

こんなに喜んでもらえるのならば、もっと早く買ってくればよかった。

……今までは、店の開いている時間に仕事を終えることがほとんどなかったので、しかたがないのだけれど。

いつも通りにふたりで食事を終えて、少し休んだ後にケーキを食べることにした。

希実は、俺が想像していた以上に喜んでくれた。

「そんなに気に入ったのなら、明日もまた買ってこようか？」

「とっても嬉しいですけれど、毎日だなんて、ダメですからね？」

腰に手を当て、たしなめるように言う。

「どうして？　そんなに高いものってわけでもないし、お昼代も浮いているから気にしなくて大丈夫だぞ?」

「お金のこともそうですが、その……。毎日、甘い物をいただくと、太ってしまいますから……」

顔を真っ赤にしながら、そんなことを言う。

彼女のスタイルは最高だ。気にすることもない。本心からの思いだが、それを伝えたところで、本人が納得しなければ意味がないのだ。

「わかった、じゃあ、週に四回――」

「じー」

「週に三回――」

「じー」

「……二回までにしておく」

「ありがとうございます。でも、あまり私を甘やかさないでくださいね」

「そうか……わかった」

しかたないが、彼女がそう言うのならば諦めよう。

「希実も、俺をあまり甘やかさないようにしてもらえるかな」

「ご主人さまをですか……?」

「作ってくれる料理が美味すぎて、最近ちょっと食べ過ぎなんじゃないかと思って。今はまだ大丈夫だけど、中年太りになりそうで……」

「全体のカロリーは控えめにしてありますし、バランスもしっかりと考えてありますから、大丈夫です」

「そこまで考えてくれていたの……？」

「はい。ご主人さまの健康維持のお手伝いも、メイドなら当然のことです」

あまり当然じゃないような気がするけれど……。

「あとは、間食はできるだけしないようにして、飲み会などのときには、食べる量を控えめにすることを意識しておいてくださいね」

前は口寂しさもあって、ちょこちょこと間食をしていたけれど、希実に食事を作ってもらうようになってからはなくなった。

それに、少し前までは忙しくて、飲み会なんてやっている暇もなかった。

「あとは、軽い運動でしょうか？　マッサージをしたときも、体が凝り固まっているようでしたし、普段からもう少し動くといいかもしれません」

たしかに、就職してからは通勤以外ではろくに運動していない。

意識しないと運動なんてしなくなるよな。希実の言う通りに日ごろから気を付けたほうが良さそうだ。

「つまり、ちゃんと運動すれば、甘いものを食べても大丈夫ってことだよな？」

「食べた量にもよりますけれど、その通りです。ただ、ケーキ一つ分を消費するとなると、一時間以上は必要になると思います」

「一時間以上の運動か……」

そこで、ふと思いついた。アレも運動だよな？　しかも、かなり動いているから効果があるんじゃないだろうか？

「セックスも、かなり激しい運動になるんじゃないかな？　希実となら、毎晩、何時間でもできそうだし」

「ふえっ⁉」

「ずっと体を動かしているし、終わった後は汗だくでぐったりするくらいになってるだろ？」

「そ、それは……そう、ですけれど……ダイエットとか、運動目的でするようなことではないと……」

「そうだな。そんな不純な目的なのは相手にも失礼だし」

「え？　あれ？　ダイエットのほうが不純なんですか？」

「主目的がダイエットじゃないんだから、そうなるよな？」

「え？　あれ？　そう、なんでしょうか？」

希実は軽く混乱をしているようだ。

「……というわけで、希実と気持ちを確かめ合うための行為のついでに、ダイエットの効果があるのか確かめてみよう」

そう言って、俺は彼女の腰に手を回して抱き寄せると、唇を重ねた。


「はあっ、はあっ、はあっ、あ……はあ、はあ……」

メイド服はすっかり乱れ、希実は胸を激しく上下させている。

白く透けるような肌に、薄く汗が滲んでいる。

「これだけすれば、食べた分くらいは消費できたんじゃないか？」

「はあ、はあ……どう、でしょうか？　体重を量ってみないとわかりませんけれど……」

「そうだな。ダイエットの効果を検証するためには、一回だけだと消費が足りないんじゃないか？」

「え……？」

希実はきょとんとした顔をする。

「痩せるためにも、このまま……もう少し続けようか」

「ま、待ってください。ご主人さま。これ以上は、明日に影響があります。ですから、今日は……」

「大丈夫。明日は休みだし。たまにはふたりそろって寝過ごしたり、ゴロゴロして過ごすのもいいよね」

そう言いながら、希実を抱き寄せる。

「あ、あの、これ以上、ご主人さまの手をわずらわせるわけにはいきません。ですので、自分でちゃんと運動をしますから――」

「そっか。それならセックスで痩せるのは諦めたほうがいいかな？」

「は、はい、そうですね」

「それじゃ、次は……ただ、希実としたいからしようか」

「え……？」

先ほどと同じように、再びきょとんとした顔をする。

「んあ、んぅんっ!?　ふあああぁぁ……あぁぁんっ♥」

ゆっくりと腰を押しつけるようにして、後背位で熱く濡れた膣内へと挿入していく。

「あうっ、んんぅ……太いので、私の中をこじ開けられていくようです……はあっ、はうっ……んはあぁっ♥」

「くぅ……狭い……」

彼女と初めてした日だけでなく、その後も何回もセックスをしている。

なので、ある程度慣れてきているはずだったが、相変わらず肉棒を取り囲む膣肉はしっかりと挟み込んできて、プルプルとした弾力がすごい。

「ああ……希実の中は気持ち良すぎるな」

「んんぅ……そうですか？　んんぅ……そう言ってもらえると嬉しいです♥」

挿入するたびにこんな快感を味わえることに、ちょっとした感動を覚える。

「ん……それじゃ、動かすよ」

「はうっ、んんんぅっ！　んはあぁ……ああんっ♥」

彼女の中を味わうように、ゆっくりと腰を動かしていくと、希実は軽く体を震わせて、嬉しそうな声を出した。

「ふあぁ……んんっ、んんぅっ♥　はあぁ……ご主人さまのおちんちんが、しっかり私の中を動いて、こすってくるのがよくわかります……あんっ……」

「ああ。こっちも、すごく絡みついてくるのが分かる」

「んくっ、んんぅ……さっきまでのエッチと違う感じがして……これもいいですね……ああんっ♥」

前の精液が残っているので、ヌルヌルで滑りはいいが、やはり狭い。

そんな膣内を俺の肉棒で広げるように、しっかりとほぐすようにして行き来させていく。

「くっ……まるでこれだと、俺のほうが希実をマッサージしてるみたいだな」

「んんぅ……んあっ、はあぁ……確かにこんなにおちんちんを動かされちゃうと……あんっ……体の中のほうからほぐされてしまいそうですね……んんぅ……あぁぁっ♥」

ゆっくりと抽送しながら膣内を堪能しつつ、視線は希実の後ろ姿を捉えている。

後ろからでもわかるくらいの爆乳が揺れて、きめ細やかな肌からこぼれ落ちるサラサラの髪がとても美しい。

「ああ……本当に綺麗な背中だな。そしてとても可愛らしいお尻だ」

「あっ……んんぅ……あ、あの……あんまり見ないでください……んんぅ……」

ただ素直な感想を言っただけだったが、何故か希実は少し不安そうに振り向く。

「え？　どうして？」

「んんぅ……こ、この格好でエッチしちゃうのは、ちょっと恥ずかしいですし……んっ、んんぅ……私のお尻が、いっぱい見えちゃうじゃないですか……あうっ、んあぁぁ……」

「恥ずかしいって、今さらな気がするけど。それにこのお尻も、いい肉付きの素晴らしい形をしてると思うけどな……」

背中からお尻へと、指先で希実をなぞる。

「ふえぇぇっ!?　あっ、ちょっと待ってください……うぅぅ……そ、それ、なんだかゾクゾクしちゃって……んんぅっ、あぁぁっ♥」

そのままハリのあるお尻を撫で回し、その心地良い肌触りを楽しみながらじっくりと眺めた。

胸と同じくらいボリュームのある膨らみ。

なんてことを言うと、きっと怒られるに違いないが、ガリガリの細いお尻よりは断然魅力的だと思う。

それに動かす度に、慎ましくギュッと閉じるアナルがヒクヒクしてるのも、とても可愛らしくて実にいい。

「んくっ、んはぁぁ……あうっ、ま、まだ見てますよね？　あうっ、んんぅ……ダメですってば、ほんとうに……あんっ、んくうぅ……」

もじもじとしてお尻を振るが、その動きが余計に俺の嗜虐心を煽ってくる。

「……ああ。もしかして恥ずかしいっていうのは……このお尻の穴のこと気にしていたのか？」

おもむろに、二つの柔肉の丘を鷲掴みにすると左右に引っ張り、よりアナルが見えやすいようにさらけ出させる。

「ひゃっ⁉　な、な、なんでそんなところ見るんですかっ⁉　ダメですっ、見ないでください……」

振り返りながら俺の腕を握り、やめさせようとしてくる。

その仕草もまた愛らしく、下半身が自然と漲ってくる。

「もう十分に見えてるから、気にすることない思うけどな。それに別に汚くないし……すごくきれいだよ」

「ふあぁぁっ⁉　あうっ、んくぅ……さ、触ったらダメです……んくっ、はうぅ……」

嫌がるので、直接ではなく周りを軽くなぞるように触ると、お尻をぶるぶる余計に震わせて甘い声を漏らした。

意外と気持ちよさそうに見えるが……。

「んくっ、んうぅ……もしかしてご主人さまは、そういう特殊なのがお好みなんですか？　はうっ、あんっ……で、でしたら私、がんばってみますけど……」

振り返った彼女の目には、ちょっとだけ涙が溜まっていた。

さすがにやりすぎただろうか。

「いや、そんな趣味はないよ。ごめんごめん。あまりにも希実が可愛かったからつい、イジメちゃったんだ」

やめたという意思表示に、お尻を一つ大きく撫でる。

「あんっ♥　はんんぅ……い、イジワルです、ご主人さまぁ……♥」

「はは。お詫びに、きちんと気持ち良くさせないとね」

「んはぁっ♥　あ、きゃううぅんっ♥」

その丸みを帯びたお尻をつかみながら、俺は腰を振っていく。

「ご主人さま、んぅっ！　んはぁっ♥　ふぅ、ん、あぁっ……あぁぁっ！」

希実は四つん這いのまま、ピストンに合わせて身体を揺らしていった。

「あうっ、んんんぅ……あっ、ああぁぁっ♥　はうぅ……さ、さっきの余韻がまだ残ってるから、ゆっくりでも十分だったのに……あうっ、んんぅ……こんなに激しくされちゃうと、すぐにおかしくなっちゃいますぅ……ああぁんっ♥」

「確かに膣内《なか》がうねりまくって、すごく喜んでるのがわかるな」

今までのぬめりへさらに追加するように、愛液がまた大量に溢れ出して、膣内が熱く痙攣してくる。

「あふっ、ん、はぁっ……後ろから、ご主人さまのおちんぽがっ、私の奥まで、んはぁっ、ああっ！」

「くっ⁉　そんなに締めつけられると……」

蠕動する膣襞が肉棒をしっかりと咥えこんでくる。これはかなりヤバイ。

「んはぁっ♥　あっ、ふぅ、んああぁっ⁉　お、おちんちんが今っ、またギュッと硬くなって……あうっ、んんぅっ♥」

「ああ……もうダメだっ！」

せり上がる精液をなんとか抑え込み、最後に向けてしっかりと希実の腰を掴んだ。

「きゃうっ⁉　んああぁっ！　ああっ、また急にそんな激しくぅ……んんっ、んあっ、あぁっ♥」

ぱんぱんと肉のぶつかる音を響かせながら、全力で腰を振りまくる。

「ふあっ、はうぅぅんっ♥ あっ、あぁぁっ！ やんっ、エッチな音がいっぱいにぃ……あうっ、んんんぅっ♥ この格好もっ、音もっ、恥ずかしすぎて、おかしくなっちゃいますぅ……あぁぁっ♥」

「うっ……その恥ずかしさもあと少しさ……くっ!? ああ、もう無理だ、希実っ、出すぞっ！」

「んえっ!? ふあぁぁっ♥ ああっ、はいっ、出してくださいぃぃ……あっ、ああっ！ 私ももう、ダメですからぁ……あっ、ああっ、んあぁぁっ♥」

「おおっ！」

びゅるるっ！ びゅくっ、びゅくっ、びゅくくっ!!

「ひゅあああぁっ!? んはあああぁぁぁぁっ～～♥」

お尻が潰れるほどに、しっかりと腰を突き出しながら、彼女の膣奥へと俺の欲望を放出する。

「んはっ、はんんぅっ♥ んはっ、はあぁ……またいっぱいの精液がぁ、注ぎ込まれてくるぅ……ああっ、はんぅっ♥」

何度か背中をビクつかせ、希実は気持ちよさそうに俺の射精を全て受け止めた。

「んんっ、んはあぁ～～……はあっ、はあぁ……また気持ちよくイかされちゃいましたぁ腕を伸ばして踏ん張っていた希実が、急にカクンと肘《ひじ》を折り、顔をベッドへと沈み込ませる。

「……あふぅんっ♥」

かなり感じてくれたみたいだ。

「ふぅ……にしてもちょっと早かったかな……」

荒い息で肩を上下に動かす彼女の後ろ姿を見ながら、俺も一息ついた。

一度出したばかりなので、もっと余裕があると思っていたが、メイドさんを後ろから突く快感は思いのほか俺を興奮させていたみたいだ。

その証拠に、まだ俺の肉棒は勢いが衰えていない。

むしろ、さっきよりも元気が漲っているような気がする。

「……まだ全然、希実を気持ちよくさせてないから、まだやろうか」

「んんぅ……え？　い、いえ、もう十分気持ち良かったのですけど……」

「本当に？　まだ足りないんじゃないか？」

「ええっ!?　あのっ、ちょっ……んんっ♥　あ、は……♥」

抑えの効かなくなった俺は、まだクタッとしている希実の腰を持ち、再び腰を動かしていく。

「ふあっ、はうぅ……あうっ、んんんぅっ！　ぬ、抜かずにそのましちゃうなんてぇ……あうっ、あぁぁっ♥　こんなの、アソコがおかしくなっちゃいますぅ……あうっ、ふあぁっ♥」

絶頂で震える膣内を、無理矢理に肉棒で擦り上げると、希実は快楽に耐えるようにして、ギュッとシーツを握る。

「んんっ、んあっ、はうぅ……あぁぁっ！　続けてするなんて聞いてないですよ……あうっ、んんぅ……ご主人さまは平気なんですか？　あうっ、んんんんぅっ♥」

「ああ、不思議と平気なんだ。二回出してもまだこんなに動けるとは、俺も思わなかったよっ」

肉棒をがっちりと締めつけ、咥え込んでくる膣壁を蹂躙するような感覚は新鮮で、ますます俺を興奮させた。

「あはあぁっ⁉　あうっ、また深い場所に、届いちゃってますぅ……あっ、あぁぁっ♥後ろからそんなに押さえ込まれたら、深すぎますぅ……んんっ、んあぁぁっ♥」

お尻だけを突き出すような格好の彼女。そこに腰を打ちつけていると、まるで無理矢理犯しているようで、ちょっとした背徳感と快感が湧き上がってくる。

「んあっ、はうっ、んっ、んんんぅっ♥　んんぅ……もうイっちゃてたのにぃ……またすぐイっちゃいそうですぅ……あぁぁっ♥」

さらに激しく打ちつけると、希実のより深い場所にまで亀頭がめり込んでいくような感覚になり、それもまた俺のオスの部分を刺激する。

「んあっ、はうぅぅ……中でご主人さまの精液がグチュグチュになっちゃってますよぉ……へ、変な音が、またいっぱい出ちゃいますぅ……あうっ、んんぅっ！」

ふと繋がってる部分を見ると、中にたっぷりと出した精液が愛液とまじり、泡立っているのが見えた。

「うわ……これはすごい……」

「はうっ、んんぅ……あっ、んんぅ……な、なにがですか？　んっ、んんぅ……」

「希実のエロさが、すごいってことだよ」

「んっ、んんぅ……あうっ、あぁぁっ♥　それは、ご主人さまがそうやって無理矢理してきちゃうからです……。あうっ、んんぅ……こんな連続でだなんて。私からは言ってないですぅ……あぁぁっ♥」

「確かに言ってはいないけどね。でもそうさせてしまうほど、魅力的なエロさなんだよ。そうじゃないと説明がつかないんだ」

「あうっ、んっ、んあぁぁんっ♥　んんぅ……何の説明ですか？　んんぅ……」

「俺がこんなに絶倫になってる理由がねっ」

「ひゃううぅんっ⁉　んあっ、あっ、あぁぁっ！　んぇぇええぇっ⁉　ま、まだそんなに激しくぅ……あっ♥　あっ♥　あああぁぁっ♥」

早すぎる射精感を堪《こら》えながら、まるで壊れた蒸気機関のように、一心不乱に腰を振りまくる。

「んあっ、やうっ、んはあぁぁっ♥　こんなにいっぱいされちゃったらぁ……私のオマンコっ、ゆるくなっちゃいますよぉ……んはぁんっ♥」

「ん……希実はそれくらいのほうが丁度いいさ。おおっ⁉　また締まるしっ」

「きゃううぅんっ♥　ふあっ♥　あっ♥　ああぁっ♥　またイっちゃいますぅ……大きく真っ白な絶頂っ、しちゃいますぅっ！　んあっ、はううぅっ♥」

連続して絶頂し続ける膣口が、今までで一番きつく締めつけてくる。

そのいやらしい責めで、俺も限界を迎えた。

「ふあっ、はぁぁんっ♥　ああっ、おちんぽっ、また大きく膨らんだぁ……ああっ♥　こ、これぇっ、もうきちゃいますか？　私もっ、イっちゃいますぅっ♥　あっ、んあぁぁっ♥」

「出る……出すよっ！」

どぷぷっ！　どびゅるっ、びゅーーっ、びゅーーーーっ！

「んゆうぅんっ⁉　イッ、クうううぅぅぅぅ～～っ♥」

どこに溜め込んでいたのかと思えるほどの精液が、尿道を駆け上って希実の膣奥で噴出する。

「んくっ、はううぅ……お腹いっぱい、またいただいちゃいましたぁ……んんっ、んはぁぁ……こんなにしてもらえるなんてぇ、すごいですぅ……♥」

俺の放出を嫌がりもせず、しっかりと受け止める希実。

彼女は本当に、メイドの鑑《かがみ》のような女の子だ。

まあ、本来のメイドとは大いに違うほうの意味だけど。

「……ん？　あれ……？」

射精がようやくおさまった俺は、抜こうとしたが、妙な違和感に首をひねった。

「はあっ、はあぁ……どうか、したんですかぁ……？　あんっ……」

「いや、おかしいんだよ……全然、萎えないんだ。俺のちんこ……」

「はあっ、はあぁ……はえぇ？　そ、それってぇ……」

「希実、悪い。もう一回、がんばろうっ！」

「そんなっ……んああああぁっ♥」

こうして抜かずの再発射に向けて、俺は腰を動かす。

「ひうっ、うあっ、やんっ、んんんんぅっ♥　もう私ぃ、頭がおかしくなっちゃいますぅ
……ああぁっ♥」

何度もイきまくる彼女を上から押さえつけるようにして、思うままピストンしまくる。

そしてまた、すぐに俺も絶頂を迎え――。

「んあっ、あああぁっ、本当にもうっ、すごすぎでぇ……ああぁんっ♥　頭、真っ白に飛ん

じゃってますぅ……んあぁぁっ♥」

「おおっ!? まただっ！ 出る！」

どくんっ！ どくどくっ、どびゅるるるっ！

「きゃううううぅっ♥ イクイクイクうううぅぅぅぅっ♥」

こうして、一度だけでなく、二度、三度と。気持ちいいおまんこに、重ねて射精してしまったのだった。


「ん、はぁぁ…………あふっ、んんん…………」

希実は枕《まくら》に突っ伏したまま、ぐったりとしている。

結局は三回、いや……四回はしたはずだ。その間、希実が何度イッたのかはわからない。

……明日は休日とはいえ、さすがにちょっとやりすぎてしまったかもしれない。

俺自身、すぐにでも眠ってしまいそうなくらいに、疲れてはいる。

「ごめん、希実。少しやりすぎたかも……大丈夫か？」

「は……い、だいじょぶ……です……」

どうにか絞り出したという感じの返答。希実の顔は今も快感に蕩け、瞳はどこか虚ろで、口元も緩んでいる。

「……あまり大丈夫じゃなさそうだな。でも、これだけしたんだし、ケーキ一個分くらいのカロリーは消費したんじゃないか？」

「けーき……そう、でした。ん……」

「ごめん。無理しなくていいから、もう寝よう」

希実を胸に抱き寄せ、布団をかぶり直すと、彼女と共に俺もすぐに眠りに落ちた。


すっきりとした気分で目覚めると、珍しいことに希実はまだ俺の腕の中で寝息を立てていた。

昨日のことを思い出し、さすがにちょっとやり過ぎたかも……と、少しばかり自嘲する。

彼女を起こさないようにしながら、枕元へと手を伸ばしてスマホを手に取る。

今更だけど、セックスって一回でどれくらいのカロリーを消費するんだろうか？

興味からそんなことを調べてみたのだけれど……。

さすがに目安程度でしかないが、30分以上かけるようなセックス一回で、およそ250キロカロリーの消費のようだ。

となると昨日の俺と希実の消費カロリーは、1000キロを超えているってことか？

汗まみれになって動き回って、女性——希実のほうはひっきりなしに声を出していた。

とはいえ――。

「本当にそんなに消費しているのか？」

疑問には思うけれど、でも本当にこの数値通りに消費しているのならば、ケーキを一つ増やしても問題はなさそうだ。

このことを彼女に言えば、安心しておやつの回数を増やすことができる。

本人は気づいていないみたいだけど、甘いものを食べているときの希実の笑顔は、すごく可愛い。

できることならば毎日でも、彼女の幸せそうな笑顔を見たい……でも毎日ともなれば、体重だけでなく健康にも問題があるだろう。

お土産を週に三回に……いや、休みの日にそういう店に一緒に行くのもいいかも。

「ん……うぅん……」

そんなことを考えていると、希実が小さく身じろぎした。

「おはよう」

「ふぁ……おはようございま――」

まだ眠たげだった目を開き、慌てて起き上がった。

「す、すみません、寝過ごしてしまいましたっ」

慌ててベッドから降りようとする彼女を、引き留めるようにして抱き寄せる。

「あ、あのっ、ご主人さま？」

「今日は休みだから、もう少しこうしてゴロゴロしていようか」

「ご主人さまはのんびりしていてください。私は起きて、お風呂と朝食の用意を──」

「希実も一緒にだよ」

「……私もですか？」

「そう。風呂は……起きたらシャワーだけで済ませて、朝食は久しぶりにどこかに食べに行こうか」

「で、でも……」

「昨日は無理させちゃったし、俺ももうしばらくのんびりとしていたいから、付き合ってもらえるかな？」

希実を抱く腕に力を込める。

「……はい、わかりました。では、もう少しご主人さまとこうしていますね」

「ありがとう」

ちゃんと休むつもりになったようなので、希実を抱いていた腕の力を抜く。

しばらくの間は、ただお互いの温もりを感じながら、ごろごろと過ごす。

ずっとこうしていたいと思っていたのだけれど……。

小さく、腹の音が鳴る。

「食事、作りましょうか？」

「そうだな。そろそろ起きるか。シャワーを浴びたら、ブランチにして……希実は、食べたいものはある？」

「そうですね……昨日は甘い物を食べたので、軽めのものでしょうか」

「ああ、さっき調べたんだけれど、アレって結構カロリーを消費するみたいだよ」

スマホで調べたばかりの、付け焼き刃な知識を希実に伝えると、かなり驚いた顔をしていた。

「もっとも、どこまで本当かわからないから、食後は軽い運動も兼ねてのんびり散歩でもしようか」

「散歩ですか？」

「少し離れているけれど、広い公園があるんだよ」

「では、お弁当を作りますね！」

「何もしないでのんびりするのが目的だったんだけれど……」

「お料理をするのは、仕事ではなくて趣味でもありますから」

希実の料理は美味い。同じようなレベルの食事を外でしようとしたら安くはないし、簡単にはいかないだろう。

「わかった。それじゃ、お弁当だけ頼めるかな？」

「はい♪」

決まってしまえば、こうしている時間がもったいないと感じてしまうのだから、我ながら勝手なものだった。

空は綺麗に晴れ渡り、風は爽やかだ。どこかへ出るにも良い日だろう。

……とはいえ、俺たちが向かっているのは近所の公園だけれど。

俺がそうしたいと言ったから、彼女は付き合ってくれてはいるが。

希実くらいの年齢、しかも女の子なら、もっと行きたい場所や、やりたいことがあったんじゃないだろうか。

「勝手に決めたけど、公園を散歩で本当によかった？」

「ご主人さまは、他に行きたい場所があるんですか？」

「いや、人混みは得意じゃないし、休日にわざわざ疲れに行くようなことは、あまりしたくないな」

「私も、人の多いところはあまり得意ではありませんから」

人の多いところに行くと、彼女は注目を集めそうだ。それに、ひとりだと声をかけてくる男も少なくないだろうな。

想像して、少しばかり面白くない気分になる。

せっかくふたりでのんびりしているんだ。嫌なことを考えるような無駄はよそう。

他愛のないことを話しながら辿りついた公園は、街の喧騒からは遠く、人もまばらで、まるでここだけ時間の流れが違っているかのようだ。

希実とふたり、池で魚や鳥を見たり、遊歩道沿いに植えられた花を眺めたりして過ごす。

「ご主人さま、あそこで食事にしませんか？」

「そうしようか」

希実が見つけた、よい感じの木陰のそばにあるベンチへと向かう。

並んで座り、彼女の用意してくれた軽食を口に運ぶ。

「美味いよ」

「ふふっ、ありがとうございます」

希実と一緒にいることが幸せで、こんな時間がずっと続いてほしいと願ってしまう。

けれど彼女は会社の『福利厚生』で来ているんだよな。

「どうしたんですか？」

「ありがとう、希実」

「え？　あの、どういたしまして……？」

少しばかり唐突すぎたか。希実は小首を傾げている。

「希実が来てくれて、一緒にいてくれるのが嬉しかったんだよ」

「そ、そうなんですな……ありがとうございます」

うっすらと頬を染めながら、希実は照れたように微笑《わら》う。

「私も、ご主人さまとこうして一緒にいることができて、とても嬉しいです。これからもよろしくお願いしますね」

「ああ、こちらこそ」


帰宅後は、普段から希実がしていることの一部——掃除を、俺も手伝うことにした。

……もっとも、彼女の手際を見ていると、下手に俺が何かやるよりも任せたほうがずっと早く、綺麗になるだろう。

だから俺は力仕事や、希実では手の届きづらい場所での作業などを引き受けることにした。

自己満足なところもあるが、彼女と一緒に何かをしている、ということが楽しいのだ。

希実に全てを任せきりというのは良くない。

それに、掃除を始めてしまえば、思っていたよりも面白いものだ。

綺麗にするための方法を希実に尋ねながら、細かいところまでピカピカに磨きあげた。

「……よし！」

額に滲んだ汗を軽く拭いながら、綺麗になった浴室を満足げに見回す。

「終わったんで……わあっ！　綺麗になっていますね」

褒められるのは嬉しいものだ。

「いつも希実に任せっきりだったから、少しは手伝いになったかな？」

「はい。とっても助かりました。水回りはどうしても汚れやすいですし、お風呂だと私の身長ですと掃除しにくいところもありますから」

「役に立ったようで良かったよ。まあ……これだけ力を入れて風呂掃除をしたのは下心もあるけど」

「下心、ですか？」

「希実と一緒に風呂に入りたくて。どうかな？」

「……ご主人さまが、お望みでしたら」

頬を赤く染めながらも、笑顔で頷いた。

まずは互いの体を軽くシャワーで流した後、一緒に湯船に浸かることにした。

「ふたりだと、やっぱりちょっと狭いな……」

「は、はい。そうかもしれませんね」

「でも、これくらいの広さのほうが希実とくっついていられるから、いいかもしれないな」

「は、はい。そうですね」

頷いてはいるけれど、少し恥ずかしいのかもしれない。

「あの、ご主人さま」

「何かな？」

「今日は、せっかくのお休みなのに、ずっと私と一緒で、しかも家のことまでしてもらって……良かったんでしょうか？」

「ああ、久しぶりに充実した休みだったよ」

「充実したお休みですか……？」

「俺が希実と一緒にいたかったんだよ。だから、どこかに行くなら一緒がいいし、家にいるなら同じことをしたいと思ってたんだ」

「そ、そうですか……」

「のんびり楽しく過ごせたから、明日からもがんばれそうだ」

「私も……明日からは、今まで以上に、ご主人さまに喜んでもらえるように、がんばりますね」

やる気を表すように、胸の前で両手をぐっと握る。

その可愛らしい仕草に、つい彼女を抱きしめてしまう。

「あ、あの、ご主人さま」

「今でも十分すぎるくらい、希実がいてくれて良かったと思ってるよ」

「ご主人さま……ありがとう、ございます」

希実の唇が、ゆっくりと俺に近づく。

「んちゅっ……ちゅふぅ……」

優しいキスが、弱い電流を生み出し、頭の芯をとろけさせていく。

「ちゅんんぅ……こうして、ご主人さまとお風呂でキスしちゃうなんて、思ってもみませんでした……んっ、んんぅ……」

「ちゅっ……そうなのか。俺はいつでもしたいと思ってたから、今度からお風呂は一緒に入ることにしようか」

「えっ⁉　あうぅ……は、恥ずかしいですけど、ご主人さまが望むなら……が、がんばります！」

「ははっ、冗談だよ。本当にかわいいな、希実は……んっ……」

「ちゅふぅんっ……ちゅっ、んんぅ……あんっ……冗談だったんですか……残念です……」

そう言うと、なんだかものすごく悲しそうな顔をしてしまった。

「えっ？　あ、いや、それなら本当に毎日一緒でも……」

「ふふっ♪　冗談ですよっ、んちゅっ♥」

「うむんっ⁉　んんぅ……」

不意打ちのようなキスにドキッとしてしまった。

本当に……この子は可愛い！

「ちゅむぅんっ……んあっ♥　ご主人さま……ちゅっ、ちゅうぅっ♥」

理性が溶けてしまった俺は、さらに貪るように、深く求めて口づけを続けた。

「くちゅむぅっ、ちゅふっ、んぅ……こ、こんな大胆に……んちゅうぅっ⁉　ちゅふっ、んんぅっ！」

唇に舌先を割り入れた希実の口内はほんのりと甘く、それを味わった瞬間、体の芯がカッと燃え出した。

もっとこのキスを堪能したい。

「ちゅはっ！　んんぅ……くむっ、ちゅふうぅ……」

彼女の口内の隅々にまで舌を這わせ、戸惑って控えめになっている希実の舌先へと強引に絡んで、俺の元へと引き出す。

「ちゅっ、ちゅんぅ……ちゅっ、ちゅぷっ、んちゅぅ……ちゅっ♥」

希実もかなり気に入ってくれたようだ。自分からも俺の舌へと絡めるようにして、唾液を交換してきた。

「ちゅむっ、んちゅくぅ……ちゅはあぁっ！　はあっ、はあぁ……このキスぅ……すごく気持ちいですねぇ……んんっ、んはぁ……♥」

「ああ。癖になりそうだな」

ひとしきり深いキスを堪能して改めて希実を見ると、蕩けているようで、目がとろんとしてきている。

それはもう、すっかりメスの顔になっていた。

「ああんっ♥　んあっ、おっぱい……んくっ、んんぅっ♥」

たまらず、目の前の素晴らしい膨らみを掴んで揉んでいた。

「んくっ、んんぅ……あんっ♥　はあぁ……お風呂に入っているせいか、なんだか感じ方が違う気がします……んっ……とっても敏感になってる……ああぁっ♥」

「へぇ……きっと血行がよくなっているせいかな。それにしてもここまで大きいと、浮き方もずいぶんとダイナミックなんだね」

「んんぅ……私のは大きすぎるでしょうか？　あんっ……友達からはよくおっぱいオバケなんて言われて、すぐ触られちゃうんですけど……んくっ、ふあぁ……」

「なんてうらやまけしからん。まあ、確かにこんな立派なものを持ってたら、注目の的にはなっちゃうか。でも大きいことはいいことだと思うよ。少なくとも、俺は大いに楽しんでるからね」

「きゃうぅ……んっ、んんぅっ♥ ご主人さまに喜んでもらえるなら、ここまで育ったかいがありました♪ あふっ、あぁぁっ♥」

肌のきめ細やかさもさることながら、程よい弾力のある素晴らしいおっぱいの感触を手の平いっぱいで味わう。

「はあっ、はうぅ……本当にいつもより気持ちよくなりすぎる気がします……。はあっ、んんぅ……おっぱいだけで、こんなになっちゃうなんて……あうっ、んんぅ……ここまで、はしたなくなかったはずなんですけど……」

「はしたないだなんて、とんでもない。むしろ気持ち良くなってくれたほうが、俺も嬉しい。ほらこっちも喜んでるみたいだ」

「えっ？ ひゃあぁんっ♥」

ツンと勃った乳首を指先で撫でると、希実は全身を震わせて喜んだ。

「んんぅ……あんまり弄られると、すぐに変になっちゃいます……そこは敏感になってるので……あうっ、はあぁっ♥」

「はは、いいね。もっとエッチな顔を見せてよ」

「やうっ、あぁ……。見ないでください、恥ずかしいぃ……。あうっ、んくっ、んああぁっ♥」

「こんなに近くにいる美人を、見ないなんて出来ないな」

「うぅ……んんっ、んくっ、ふあっ、くううぅんっ♥」

希実の言う通り、乳首の反応もかなりいいみたいだ。

「ふふ。このモチモチの感触、たまらないっ！」

「はあっ、はあぁ……あうっ、んあぁぁっ⁉　だ、ダメです……こんなにされたらもう……んんんぅっ♥」

おっぱいへの愛撫に夢中になりすぎて気付かなかったが、希実はずいぶんと感じまくっていたみたいだ。

「くううぅんっ⁉　んあっ、やんっ、んあああぁぁっ♥」

ビクンッと大きく震えると、思いっきり気持ちよさそうな声を出した。

「え？　あ……もしかして？」

「はあっ、はんんぅ……は、はいぃ……軽くイっちゃいましたぁ……♥　あんっ……」

「ごめん。なんかやりすぎちゃったみたいだな」

「いいえ……んんっ、んはぁ……むしろこんなに気持ち良くしてもらって、感謝してますぅ……はあぁ……♥」

「本当におっぱいでイっちゃったんだ……お風呂だと、そんなに感度がよくなるの？」

「ふふ……そうだと思います。まだ気持ちいいですし♥」

未だに勃起したままの乳首を上下に揺らし、希実は少しはにかんだ。

「そうか。それじゃあ、こっちのほうもきっと……そらっ！」

おっぱいからさらに下へと興味が移り、すかさず彼女の下半身へと指を伸ばす。

「ふなあぁんっ⁉　あぅつ、やんっ、ううぅ……急にそんなところを触っちゃっ、やううぅ……あぁっ♥」

予想通り、お湯よりも熱くなった膣口は、ねっとりとした愛液が染み出してきてぬめっている。

「うん。こっちの感度もいいみたいだ。このまま弄っちゃおう」

「ええっ⁉　あっ、んんぅっ♥　もう中に挿れてきて……あっ、はんんぅっ♥」

すでにヒクついている膣口へ軽く指を入れてかき回していくと、襞がいやらしく絡んでくる。

「んはあぁ……あうっ、んんぅ……やんっ……私のおまんこ、熱すぎる……。んくっ、んんぅ……もうこんなによくなっちゃってたなんて……やっぱりお湯の中だと、すぐに感じすぎちゃいますぅ……あっ、ふわあぁ……♥」

「うわ……まるで吸いついてくるみたいだ」

その待ちかねていたかのような反応に、思わず指に力が入る。

「んくぅ……んあぁんっ⁉　はうっ、ううぅ……こ、これじゃまたさっきみたいにぃ……あうっ、んはあぁっ♥」

感じてしまい、上手く座っていられないのか、俺に体を預けるように抱きついてきた。

このまま、もう一回イかせてあげよう。

「んえっ⁉　あっ、やうぅぅ……ご、ご主人さまっ、それ……んんぅっ♥」

そう思い、さらに指先を深く挿れ、膣壁へと押し付ける。

「んんぅ……ま、待ってくださいっ」

が、急に希実は俺の腕を掴んで、その動きを阻んだ。

「ん？　どうした？」

「あうっ、んんぅ……こ、このまま指でされちゃうより……ご主人さまのおちんちんで、してもらいたいですぅ……」

ああ……こんなこと言われたら、たまらない。

「それはもちろんっ！」

「んんぅ……それじゃあ、一度上がってから……」

「いや、このままヤっちゃおう」

そう言ってフル勃起の肉棒を掴み、彼女の秘部へとすぐにあてがった。

「え？　んぁんっ⁉　このままって……お湯に浸かりながらですかっ⁉」

「心配しなくていい。ちゃんとリードするから……というか、もう俺が我慢できないんだ」

「ふあぁあぁぁっ⁉　はぐっ、くんんんぅ～～っ♥」

濡れているのとお湯のせいなのか、いつもよりあっさり、根本まで一気に挿入できた気がした。

「んんんぅっ♥　すごい……私、中のほうも敏感になってるせいか、なんだかくっきりと、ご主人さまのおちんちんの形がわかる気がします……あうっ、んはぁぁ……♥」

「おお……こっちも、希実の中のうねりがすごくよくわかるな」

発情した膣内の興奮具合はかなりのもので、まるで鼓動までもが肉棒から伝わってくるような気がした。

「ああ、これはすごい……それじゃさっそくっ！」

「あうっ⁉　ちゅむっ！」

「んんぅっ⁉」

腰を動かそうとしたら、不意に抱きしめられてキスで止められてしまった。

「ちゅはっ！　はあ……ど、どうした？」

「んんぅ……ここまでいっぱいご主人さまにしてもらったんです。メイドとして、今度は私がきちんとご奉仕します♥」

どうやら、希実のほうから動きたいらしい。

「そんなこと、別にいいのに……」

「私がしたいんです。ご主人さまはじっとしていてくださいね……んんぅ……んあぁ♥」

密着したままで、希実の腰が前後に動いていく。

「んっ、んんぅ……んあ、はんんぅ……んあぁぁんっ♥」

「おおぅ……」

体全体ではなく腰だけを振る巧みな動きは、まるでハワイアンダンスのようで、とても気持ち良い。

お湯の中の抵抗を考えると、このほうが動きやすいのかもしれない。

「……あれ？　もしかして、やったことがあるのかな？」

「あんんっ、んぅ？　んんぅ……あるわけないじゃないですか……。んっ、んんぅ……あの……なにか変でしょうか？」

「いや、とっても上手だったからさ。ごめん」

「ふふっ♥　ありがとうございます。それじゃ、続けますね……んんっ、んはぁぁ……ああんっ♥」

嬉しそうに笑顔を浮かべ、悩ましく体をうねらせて動かしていく。

「あっ、んんぅ……んっ、はあぁぁんっ……あぁぁ……どんどん気持ち良くなっていっちゃいます……んんっ、んはぁぁん♥」

浴室の中に、希実の色っぽい声が響く。

「あふっ、ん、あぁっ♥　すごいです……腰が自然と動いちゃって……あうっ、んぅっ♥

止まらないんですぅ……あぁぁっ♥」

　彼女が腰を動かすと、水面が波うっていく。それと同時に、その大きな胸もゆらゆらと揺れていた。

「なんてエッチな光景なんだ……くうぅ……」

「はあっ、はううぅ……んあっ、くんんぅっ♥」

　もちろん、蜜壺に咥えこまれている肉棒も気持ちが良く、俺はその快感に浸っていった。

「ご主人さま、ん、ふぅっ……♥　いっぱい温まって、気持ちよくなってくださいね……」

「ああ。最高だよ、希実」

「ん、んっ、あ、あっ、ご主人さま……ご主人さまぁ……！」

　胸板に押し付けられた乳房が、むにゅりと潰れる。

　半ば無意識にだろうか、希実は乳首が擦れるように体を上下させているようだった。

「んはぁぁんっ⁉　やうっ、んくっ、んんぅ……」

「うん？　どうしたんだ？」

「い、いえ……んっ、んぅ……思っていたよりも、すごく気持ち良くて……あふっ、んくっ、んんぅ……」

　感度が上がってるせいか、かなりできあがっているようで、動きが少し鈍くなってきている気がする。

「んはぁ……あうっ、んっ、んんぅ……はあっ、あぁぁんっ♥　はあっ、はんんぅ……ふあぁぁんっ♥」

それでも必死に動かそうとする健気な姿に、胸の奥が熱くなってくる。

このまま、最後までしてもらうつもりだったのだけれど……。

「……希実っ」

ぎゅっ――。

「んんぅっ⁉　ちゅふっ、ちゅむぅぅ……♥」

たまらずもう、断りなく抱きしめてキスをしていた。

「ちゅふっ、んんぅ……どうしたんですか？　ご主人さま……」

「十分気持ち良くしてもらってるから、お礼だよ。それと、今度は俺のほうからもさせてほしいって、お願いも兼ねてるんだ」

「え？　ご主人さまもって……。んあぁっ⁉　きゃうっ、ま、待ってくださ……いいぃんっ♥」

希実の了解を聞く前に、腰を軽く突き上げていた。

「くうっ……締めつけがすごいな……。やっぱり、もう我慢できないっ！」

「ふなあぁっ⁉　んあっ、きゃううぅんっ♥　そんなすぐに激しくは……あっ、あぁぁんっ♥　い、今されたらダメですぅ……あうっ、んんぅっ♥　こんなのすぐ私っ……あうっ、くんんぅっ♥」

　俺の激しい腰の動きに合わせ、湯船の湯も激しく波打って、すでにこぼれ始めた。

「ふあっ♥　あっ、あっ、イッ、クううぅっ！　んっ、んんぅっ！　イきそうですぅ……ご主人さまっ、私っ、私ぃっ……もうイきますぅぅっ！　んあっ、あぁぁっ♥」

「ああ……俺もイキそうだ。希実、一緒にっ！」

「んっ、あっ、はいっ、いっしょに……ご主人さまと一緒にぃ……イクッ、イクイクッ、んいいぃっ!?　イクうううぅっ！　はあぁぁっ♥」

　快感に耐えながら、希実が腰を使う。

　水面が大きく波打ち、風呂のフチから溢れて零れ出る。

「はっ、はっ、う、くっ。希実、希実、希実……う、くううっ!!」

　深く繋がったままで、俺は膣内に射精した。

「あ、ふ…………♥」

　どくんっ！　どぷぷっ、どくどくどくんっ!!

「んくっ、あああああああああああああああああああああっ!!」

　甘く長い嬌声と共に、希実が絶頂を迎えた。

「んはっ、はんんぅっ♥　んあっ、あぁぁ……お湯より熱い精液がぁ……お腹に広がってくぅ……あぁぁんっ♥」

びく、びく、びくっ——。

肉棒が跳ね上がる度に、希実は全身を小刻みに震わせ、嬉しそうな笑顔を浮かべた。

「——どうだ？　かゆいところとかないか？」

「はい……んっ……大丈夫です……♥」

湯船でのセックスを終えた後、俺が汚したのだからと、希実の体を洗わせてもらった。

「はぁ……あんっ……でも、この洗い方は少し……。いえ、やっぱりすごく恥ずかしいです……」

「なにを言っているんだ。こんな綺麗な肌を、スポンジで洗うなんてもったいないだろ」

「もったいないって……。なにかちょっと、ズレているような気がするんですが……。んんぅ……」

すべらかな肌に傷をつけないように、手の平にボディソープを取って、塗り広げるようにしながら、全身をくまなく擦って磨き上げていく。

ああ……希実はどこを触っても、いい感触なんだな。

と、改めて知ったひと時だった。

「……よし。これで綺麗になったかな」

「……はあ、はあっ、ありがとう、ございます……」

お礼を言う希実の体を、それからもゆっくりと撫で続ける。

「……あ、あのぉ……ご主人さま？　んんぅ……もう、終わりでは……？」

「うん、そのつもりだったんだけど……希実がエロくて、興奮してきちゃったんだ」

「ううぅ……ご主人さまのエッチ……♥」

その後でもう一回、シた。

さすがに少しばかり調子に乗りすぎたのか、長風呂のせいでふたりそろって、少しのぼせてしまったのだった。

第三章　メイドさんのお陰です

「ふぁあああ……」

「なんだ、寝不足か？　昨日、仕事の持ち帰りでもしたのか？」

眠気にまけてあくびをすると、同期入社の名波《ななみ》が、からかい気味に声をかけてきた。

「俺がそんなことをするほど、仕事熱心な人間に見えるのか？」

「見えなくもない……というか、少し前までは仕事の持ち帰りをよくやってたよな？」

「そういえばそうだった……」

記憶から消し去りたくなるほど忙しい日々を思い出し、遠い目をしてしまう。

「最近はお前のおかげで、そこまですることは少なくなったけどな」

もうひとりの同僚が、名波の言葉に続く。

「言われてみれば、残業する時間もだいぶ減ったよねー」

「おかげで、休日じゃないのにゆっくり休むことができるようになりましたし」

彼、彼女らに感謝をしてもらえるのは嬉しい。嬉しいのだけれど……。

俺は希実を家で待たせないために、より効率的に、より早く仕事を終わらせるための努力をしているだけだ。

「いつも助けてもらってるし、たまには飲みに行かないか？　奢るぞ？」

「お互いさまだから気にしなくていいよ。それに、せっかく早く終わるんだ。家でのんびりしたいだろ？　繁忙期が過ぎたら、また誘ってくれ」

角の立たないように断り、残業なしで今日も仕事を終えると、俺は急ぎ足で会社を後にした。

……この時間なら、いつも行く店じゃなくて、少し離れたケーキ屋に寄れそうだ。

もともと、甘い物は嫌いではないが、仕事帰りに遠回りをしてまで買って帰るほど好きでもなかった。

だが、希実が喜ぶ姿を見たいがために、俺は会社と自宅の間にあるスイーツ系の店に、すっかり詳しくなっていた。


「ただいまー」

「おかえりなさ……ご主人さま！　それは『ラ・クロシェット』の手提げですよね？」

「正解。期間限定のケーキ、売り切れる前に買えてよかったよ」

そう言いながら、希実にケーキを手渡すと、彼女はほんのりと頬を赤く染めて受け取る。

彼女と相談して、お土産の回数は週に三回になっていた。

……太ることを気にしているのならば、摂取した分を消費すればいいだけのことだ。

そう言って、彼女とそういうことをする回数を増やしたら、太らなくなったようだ。

甘い物を食べる笑顔が見たくて、ダイエットのためにセックスをする。それも、今では逆になった。

俺が甘い物を買って帰ってきた日の夜は、希実が拒否しない限りは、そういうことをするのが暗黙の了解となっていた。

「あの、ご主人さま。これで今週四回目ですよ？」

「いや、今日の店は少し早く閉まるところだし、期間限定品も出たところだろ？　だから、この機会を逃すわけにはいかないと思ったんだよ」

「お気持ちは嬉しいのですけれど、お仕事、忙しいんですよね？」

「そうだね。忙しいのは忙しいけれど、前よりも効率がいいっていうか、みんなで早く帰れるようにがんばってるから」

少し前までは、目の前の仕事をこなすだけで精一杯だった。

けれど、希実が部屋に来てくれてからは、そんな状況も少しずつ変わってきている。

気力が違う、集中力が違う、そしてこうして彼女と過ごす時間を確保するために早く終わらせたいという、やる気も違う。

これも『福利厚生』の効果の一つなのかもしれない。

「でも、このところ、ほとんど毎日なのに……大丈夫なんですか？」

希実が上目遣いに聞いてくる。

何がほとんど毎日なのかは、言うまでもないだろう。そして、毎晩のように何度もしているので、彼女が心配する気持ちもわかる。

「希実のおかげで、翌朝まで疲れが残ることもなくなったから、大丈夫だよ」

「それはいいのですけれど……こんなに甘い物を食べてばかりだと、私、ぷくぷくになってしまいます……」

「希実は太ってないと思うけど？」

「そ、そんなことありません！　二の腕とか、お腹とか、最近、お尻から太もものラインも少し気になるようになってきましたし……」

希実が気にしている部位は、エッチのときに触るのが楽しくて、気持ちがいいところばかりだ。

「そんなに気になるのだったら、夕飯を終えたらまた、〝マッサージ〟をしよう」

「……はい」

これ以上ないくらいに顔を赤く染めながら、希実はこくんと頷いた。

……結局、昨晩は三回もしてしまった。

それもあって睡眠時間は短かったはずなんだけど、寝起きはすっきりとしていて体に疲れも残っていなかった。

仕事で疲れて帰宅して、倒れるように眠っていた日々と、満たされた状態で彼女と共に過ごすのでは、心身共に回復の度合いが違う。

できれば今晩も……いや、さすがに今日もとなると、希実に本気で叱られそうだな。

甘くて美味しくて太らないケーキとか、どこかに売ってないだろうか？

そんなことを考えていると、同僚が困惑気味に声をかけてきた。

「なあ、植野。餅原《もちはら》専務が呼んでいるそうだぞ？」

「餅原専務が？」

会社にいる専務のひとりだ。

若くして――といっても、俺の一回りほど上ではあるが――抜擢されたやり手だ。

社内だけでなく取引先からの評価も高く、餅原専務のおかげで会社の業績がかなりアップしたといわれている。

部署的に関わり合いはなく、上司の上司の上司の上司……と、立場的にも、俺にとっては雲の上の相手だ。

「なんで俺を……？」

「お前、何かやらかした覚えはあるのか？」

「いや、まったく心当たりがないんだが……」

「何にしても、急いだほうがいいだろうな。今やってるの、俺にできそうなのは引き受けるぞ」

「あ、ああ。助かるよ」

仕事の一部を同僚に頼むと、俺は覚悟を決めて上階――重役の集まっているフロアへと向かった。


「やあ、急に呼びだしたりして、悪かったね」

餅原専務は笑顔で俺を出迎えてくれた。遠目に見ていたときからわかっていたが、堂々たる男っぷりといえばいいのだろうか。美形は男女を問わずに破壊力が高くていけない。

……うん？

そこまで考えたところで、一瞬だけ違和感を覚えた。

「どうかしたのかね？」

「あ、いえ、なんでもありませんっ」

普段は話をすることもないような上役を相手に、ぼんやりしてなどいられない。俺は慌てて気持ちを切り替えた。

「今日、来てもらったのは、少しばかり話を聞かせてもらいたいことがあってね」

「はい、なんでしょうか？」

「あまり固くならなくても……と言っても、難しいか」

そこからは、仕事のできる専務らしく、必要なことのみを話すことになった。

なぜ俺が呼ばれたのかはわからないが、俺の所属する部署の仕事についての確認だった。

「仕事が忙しい状況なのはわかっていたが、増員をしようにも反対をする人間がいてね。なかなかできずにいたんだよ」

そう言われて、餅原専務のすることの足を引っぱろうとしている、もうひとりの専務の顔が浮かぶ。

「たぶん、君が考えている通りだよ」

餅原専務は苦笑まじりに言うと、小さく溜め息をついた。

仕草一つ一つが絵になるな。既婚者だけれど、今も女子社員達の間で人気があるのがわかるような気がする。

「だが、ここのところ急に仕事の効率があがっているという報告を受けて、調べさせたんだが……。どうやら君が原動力になっているそうだね」

「え……？　お……私がですか？」

「私はそう聞いているのだが、違ったのかな？」

「違う、と思います。仕事はひとりでどうにかできるようなことではありません。部署のみんなが協力した結果だと思います」

　本心からの言葉だ。

　そもそも、俺がここへ来るときも、同僚に仕事の一部を引き受けもらっているのだ。

「ふむ……自分の力ではないと」

　確かめるように餅原専務が、じっと俺の顔を見つめてきた。

　心の底まで見透かされているようなその視線を受け、背筋にじんわりとした汗が滲む。

　なんだか、今までと視線の種類が違うような気がする……。

「はい。私だけの力ではありません」

「……わかった。君がそう言うのならば、そうなのだろうな」

　圧力さえ感じていた眼差しが消え、専務を取り巻く空気が緩んだことで、俺は小さく息を吐いた。

「ぎりぎり合格というところかな」

「……は？」

「いや、こちらのことだ。今日は忙しいところをすまなかったね」


「ただいまー」

「おかえりなさ――あの、お疲れみたいですね。何かあったんですか？」

笑顔で出迎えてくれた希実の表情が、気遣うようなものへと変わる。

「……そんなにわかるくらい、顔に出てる？」

「はい。肉体的な疲れというのではなく、何か悩みがあるという感じでしょうか」

「すごいな、その通りだよ」

隠すようなことでもないので、希実に話をすることにした。

「実は――」

餅原専務に呼び出されたことを話すと、いつも以上に興味深げに聞いてくる。

「それで、お……専務は、ご主人さまと、どんなお話をしたんですか？」

彼女は聞き上手だ。だからというわけではないが、ついつい色々なことを話してしまう。

「なんか、俺たちの部署というか、チームの作業効率が急に上がったことを気にしていたみたいなんだよ」

「そんなに変わったんですか。みなさん、すごいですね」

「んー、でも、すごいのは希実なんだよね」

「私、ですか……？」

会社の仕事と、家してくれていることが繋がらないのだろう。希実は不思議そうに首を傾げている。

どうしてそうなったのか。俺が考えるその理由を、かいつまんで希実に説明する。

「私はメイドとして、できることをしただけです。お仕事をがんばったのはご主人さまや、会社の皆さんですよ」

だがそれを聞いても、希実は困ったように微笑《わら》うだけだった。

俺も周りから褒められたときは、希実のおかげなのに自分が評価されたことで、尻の据わりが悪い思いをしたものだ。それと同じかもしれない。

彼女には心の中で常に感謝をしつつ、これ以上は、この話をするのはやめておくことにした。

「まあ、そんなことがあって、なんだかモヤモヤしていたんだよ」

「そうですか……」

真剣に何事かを考えている彼女。

それを前にして、俺は自分が、何かを忘れてしまっているように感じていた。

餅原専務との話のおかげで、部署の増員が阻まれている原因はわかった。

そして、餅原専務がそれを、どうにかしようとしてくれていることも。

とはいえ、中途採用をするのはまだ少し先だろうし、新入社員を待つとなれば半年ほど先になる。

期待はあるが、まだまだしばらくは、現実的に立ち回らなければいけないだろう。

俺たちの苦労と、この状況を生み出している相手。

もうひとりの専務を共通の敵として定め、俺たちはなかば意地になって『定時帰り』や『高効率な仕事の方法』などに、全力を注ぐことになった。

……やり過ぎると追加の人員が来なくなりそうだが、今は目の前の仕事を無事に終えることが優先だ。

そんなふうに、部署の人間が一丸となって仕事をするようになってから、半月ほどが経過した頃、俺は再び餅原専務に呼び出された。

「ご主人さま、今日はその専務さんと、どんなことをお話ししたんですか？」

「ああ、いや……邪魔者を排除したので、人員が確保できそうだってことと……あと、次の仕事でも結果が出るようなら、俺が昇進することになる……みたいだ」

「おめでとうございますっ！」

胸の前で両手を合わせ、自分のことのように喜んでくれる。

「うーん……でも、どうして俺なんだろう？」

「ご主人さまの努力の結果じゃないでしょうか？」

「努力なら、みんなでやっているんだけどな……」

とはいえ、昇進することについて文句はない。

ウチの会社は係長、課長まではちゃんと役職手当だけでなく、残業手当も出る。

それに少しくらい出世したところで、仕事自体はそれほど変わらない。

そういう意味で、昇進を嫌がる理由はないのだけれど……。

「給料自体も上がるみたいだし、少しは余裕もできるから、もう少し広い部屋に引っ越してもいいかもしれないな」

「引っ越し、ですか？」

「ああ、その……寝室はともかくとしても、希実にも自分の部屋があったほうが……いいかなって」

「私は、今のままでも十分ですから」

なにげない感じで、彼女とのこれからについて話す俺。

それを見て、希実は少しだけ寂しげな笑みを浮かべる。

あれ？　あまり喜んでない……？

俺の視線に気づいたのか、希実はことさら明るい口調でやんわりと話を変えた。

「昇進するのでしたら、お祝いをしないといけませんよね？」

「ああ、うん。自分で買うのもなんだと思ったけれど……ケーキ、買ってきてあるんだ」

「あ……」

希実の視線に熱がこもり、目尻がとろりと下がった。


そしてその夜も、俺は希実を求めた。

「んっ、ちゅむ、れるっ……んりゅっ、ちゅるぅ……」

「くっ……」

意外と短い舌をいっぱいに伸ばして、俺の竿をチロチロと舐めてくる。

「ちゅむっ、んるるぅ……れるれふっ、んはぁ……どうですか？　気持ち良くなってますか？　ご主人さま……ん、れりゅ……れるっ、んちゅるぅ……」

「ああ……とってもいいよ」

根本から先のほうへと、くまなく舐めるその姿はとても健気だ。

俺のために、こんなに一生懸命にしてくれる姿を見ていると、胸の奥が熱くなる。

それと同時に、股間もギンギンに加熱していった。

「んはぁ……んつるっ、ちゅるぅ……ご主人さまのおちんちん……とっても熱くて、大きくなってます……んっ、おいしっ♥　れるれるっ……」

まるでアイスキャンディでも舐めるかのように、舌の平で竿全体を丁寧に舐めてきたかと思えば、裏筋を舌先でなぞったり、緩急をつけて刺激をしてくれるので、実に気持ちいい。

「んりゅぅ……ちゅるっ、んんぅ……ものすごく反り返ってきてますね……。興奮してくれて嬉しいです♥　れるっ、ちゅ、ぺろっ、ぺろっ……」

「くっ……希実、どんどん上手くなってきてないか……」

「れうっ、れるっ……そうですか？　あまり実感はないですけど、ご主人さまに悦んでもらえるのなら、嬉しいです……れるっ、れるっ、んりゅぅ……んんぅっ♥」

さらに尿道口にまで舌先を伸ばし、くすぐるように舐めてきてくれる。

「ちゅふぅ……んりゅっ、れうれうれりゅぅ……んんんぅっ？　あっ……味が変わってきました。んぅ……ネバネバのおつゆが出てきました……♥」

「え？　ああ……もう出ちゃってるのか」

こんな素晴らしいテクニックを駆使されると、カウパーもすぐに溢れ出してきてしまう。

「はぁ……こんなに溢れて……こぼしたらもったいないですよね……」

希実は艶を含んだ吐息をこぼし、溢れるカウパーをうっとりとした目で見つめていた。

そして大きく息を吸うと――。

「はぁ……んむっ、！　ちゅむううっ♥」

大きく口を開けて、肉棒を根本までしっかりと咥え込んだ。

「ちゅぷっ、ちゅぷうぅ……ん、あふっ♥　ご主人さまのおちんちんで……口の中、いっぱいです……あむっ、ちゅふぅ……」

歯が当たらないようにしっかりと唇でガードしながら、ゆっくりと確実に頭ごと前後に動かしていく。

「ちゅくっ、ちゅむぅ……んちゅっ、ちゅぱっ、ちゅむぅ……ちゅぷっ♥」

その丁寧なご奉仕に、気持ちよすぎて勝手に腰が引けてしまう。

「ちゅぷっ、ちゅぱっ、んちゅむっ、んはぁ……味がもっと濃くなってきましたね。気持ち良くなってくれているみたいです♥」

「ああ。でもあまり無理をして頑張らなくてもいいんだぞ？　舐めてもらうだけでも十分気持ちよかったし」

「私は大丈夫です。きちんと、ご主人さまには感じてもらいたいですから……あ～～んむっ♥」

再び大きく口を開けた希実は、躊躇なく肉棒にぱくついた。

「ちゅむっ、んちゅむぅ……ちゅぷっ、んちゅくっ♥　ちゅぱっ、ちゅぱっ、ちゅくっ、ちゅぷっ♥」

しかも、さっきよりかなり大きく、そして激しく動いてくれている。

「おおぉ……すごい……」

「ちゅふふっ♪　んちゅむぅ……ちゅぷっ、ちゅぱっ、ちゅくっ、んちゅむっ♥」

文句なしに、そして最高にエロいフェラチオだ。

「じゅるっ、ちゅくぅ……ちゅぽっ、ちゅぽっ、じゅちゅるっ、ちゅるるっ♥」

「くっ……まだ速くなるのか……ぐくっ!?」

俺の様子を見ながら、さらに前後の動きをスピードアップさせていく。

これはもう、確実に射精させようとする動きだ。

「んむっ、ちゅぷっ、じゅるっ、ちゅぷっ！　ちゅぱっ、ちゅぱっ、ちゅくっ、んちゅむぅぅんっ♥」

「くぅう……希実っ、ちょっ、ちょっと待ってくれっ」

「ちゅぱぁうっ!?　んくっ、んえ……？」

あと数往復で出そうになるところで、希実を止める。

「んぅ……心配しなくても、このまま出しても大丈夫ですよ？　ご主人さまの出したせーえき、ちゃんと飲みますから♥」

鼻息を少し荒くして、大きすぎる胸を張りながら笑顔でうなずく希実を落ち着かせる。

「さっきも言ったけれど、すべて希実のおかげだと思ってる。だから、してもらうだけじゃなくて、俺からもしたいんだ」

「ご主人さまからも？　それは嬉しいですけど……でもこのおちんちん、このままというわけにも……」

中途半端なままになっている俺を心配して、名残惜しそうに肉棒を撫でる。

いや、それをやられると出てしまうんだが……。

「うっ……それならちょうどいい方法があるから。希実、こっちに来てもらえるかな？」

「え？　は、はい……」

俺はベッドの上に寝そべると、希実を逆向きで跨《また》がらせる。

俺が思い描いた、お互いに股間が見える体勢――すなわち６９が完成していた。

「こ、これで、いいでしょうか？」

「……え？　ああ、うん……そうだな……うん、そう……」

改めてこの格好を意識すると、なんだか急に顔が赤くなってきてしまった。

セックスをするときにも、お互いに見て、触れている。だから今更ではあるのだが、こうして相手に股間をマジマジと見られるのは、恥ずかしさが違う。

もっとも、俺が感じているのと同じぐらい――いや、それ以上に希実も恥ずかしい思いをしているはず。

「あの、これからどうすれば――ひゃあんっ⁉」

秘裂を舐め上げると、希実が可愛らしい悲鳴を上げる。

「あうっ、んあっ⁉　ご主人さまっ⁉　いきなり、そんな……あっあっ、んくっ、ふあああっ♥」

あたふたしながら、希実が喘いでいく。

「あうっ、んくぅ……んあっ、はううぅ……急にそんな……しかもそんなしっかりと舐めてきちゃうなんて……あっ、んはぁぁんっ♥」

「んちゅるっ、れろっ……嫌だったかな？」

「あんんぅ……い、嫌じゃないですけど……ちょっと驚いちゃいました」

「でも、これならお互いに気持ちよくなれるでしょ？　ちゅむっ、んれるっ、ぺろぺろぺろっ！」

「ひゅあぁぁっ⁉　あぐっ、んくうぅ……そ、そうですけど……あうっ、んんぅっ♥　なんだかこれ、集中できないですよ……あぁぁんっ♥」

クンニ自体は気に入ってくれたようで、希実はしばらく肉棒に手を出さなかった。

その間に俺の下半身もだいぶ落ち着き、すぐには出ないくらいにまで回復していた。

「あんんぅ……はうっ、んくぅ……あぁぁっ♥　ご主人さまの舌……すごいぃ……んんぅっ♥」

だが、優秀なメイドの希実が、このままされるがままになるわけがなかった。

「んくぅ……はっ⁉　いけないいっ。私もご奉仕をしないと……あ〜〜んむっ♥」

「ちゅくっ⁉　ぬむむむっ……」

肉棒が温かい軟肉にすっぽりと包み込まれ、根元のほうがキュッと締めつけられる。

どうやらまた、しっかりと咥えこんできたようだ。

「ちゅぷっ、んちゅむぅ……ちゅぱっ、んっ、ぷふぅ……ご主人さまの立派なおちんぽっ、またびくってしてます♥　あぷっ、ちゅむぐっ、じゅぷっ♥　ちゅぷっ、んれろっ、ちゅぱっ♥」

調子を取り戻した希実が顔を動かし、肉棒を再び刺激していく。

「くうぅ……やっぱりこのフェラはたまらない。またせり上がってきそうだ……んちゅむっ、んれろれろっ！」

俺はそんな彼女の尻肉つかみながら、おまんこへと舌を伸ばしていった。

「ちゅぷっ、ちゅふうぅんっ⁉　んぱっ、そこ、ご主人さまダメぇ……舌で押しちゃ……あうっ、んはあぁっ♥」

愛液をあふれさせるその割れ目を舐めあげ、舌を侵入させていく。

「私ももっと、じゅぶぶっ！　ご主人さまのガチガチおちんぽ♥　れろっ、ちゅぱっ、じゅるっ！」

希実は敏感に反応しながら、肉棒を責めてきた。

「ちゅぷっ、んちゅぷっ、ちゅぽっ、ちゅぽっ……んくっ、ちゅむっ、じゅるるっ！」

「くうぅ……吸い上げはヤバイぃ……」

その激しいフェラに、思わず一気に射精感がこみ上がってきてしまう。

「くぷっ、んちゅぱぁっ！　ご主人さまのぺろぺろに負けないよう、いっぱいちゅぱちゅぱしちゃいますね♪　んちゅむっ、ちゅぱっ！　ちゅむぐっ、んちゅっ、ちゅぷっ、ちゅるるるっ♥」

「くうぅ……ま、まだまだっ……くむっ！　れるれるっ、えるるるっ！」

激しいフェラチオに対抗するよう、俺も舌先を膣口へできるだけねじ込み、細かく波打たせて刺激する。

「んうううぅっ!?　ふはっ、やうっ、んあぁぁっ♥　きちゃいますぅ……。大きくまた、気持ちいいのがきちゃうぅ……あぷっ、んちゅむっ、ちゅぐうぅんっ♥」

「ぬむっ!?　くおおぉっ!?」

膣口が舌先をギュッと締めつけてくる。それと同時に、耐えきれないほど心地良い肉棒への吸い上げが俺を襲った。

「んるるるっ！　くむぅんっ！」

びゅくるるっ！　びゅるっ、びゅーーっ、びゅーーーーっ!!

「わぷうぅんっ!?　んぐっ、くむうぅ～～っ！　うぷうううぅぅぅぅっ♥」

絶頂で震える膣口を見ながら、彼女の口内で一気に果てる。

「うぷっ、んぷっ、んんぅ……んくっ、ごくっ、ごくっ……ちゅるるっ、ごくんっ、ごくっ……」

跳ね上がる肉棒をしっかりと最後まで口で支え、精液を飲み干していく。

「んぷっ、んはっ、はあぁ……すみませんぅ……。イきすぎて、少しこぼしてしまいました……れるっ、ぺろっ、んちゅるぅ……」

「いや、別にそんなのは……おうっ!?　ううぅ……」

俺からは見えないので、どれくらいこぼれたのか分からないが、希実は律儀にぺろぺろと舐めて、お掃除フェラまでしてくれた。

「ああ……ありがとう、希実……」

「んちゅむぅ……んはぁんっ♥　あんぅ……はい、ご主人さまぁ♪　んちゅむぅ……」

俺は心から感謝し、真っ白なお尻を撫でながら、彼女が納得いくまできれいにしてもらった。

「……はい。これですっかりきれいですよ♪」

「ん……お疲れ様」

希実も俺の上から降りて、ティッシュで口元を拭う。

その仕草がまた、妙に男心をくすぐってくる。

「……希実っ！」

「ふぇぇっ⁉　ああんっ♥」

たまらなくなって抱きしめ、ふたりでベッドに横になった。

「ご奉仕、気持ちよかったよ」

「あんぅ……私もいっぱいイかされちゃいました♥　ふふ……こうやってお互いに気持ち良くなる方法もあるんですね。勉強になります」

俺は彼女に求められている。

今日もそれを強く意識できる、激しいご奉仕だった。

「んんぅ…………すぅ……すぅ……」

「……え……？　希実……？」

疲れもあったのだろう。気づくと希実は俺の胸に顔を埋めるようにして、満足げな笑みを浮かべながら寝息を立てていた。

それを見ながら。

心地良い疲労感の中で、俺の意識も深い眠りへと沈んでいった。

「内々に……と言っても、数日中には正式な通達が行くことになるが、来期から君は係長になる。おめでとう」

「ありがとうございます」

「昔、最年少で部長になった女傑がいたが、今回は彼女に近いペースでの昇進だ。今後も期待しているよ」

　嘘や冗談で専務があんなことを言うわけがないと思っていたが、現実となっても、まだどこか信じられない気分だ。

「あの、餅原専務は……？」

「ああ、専務も昇進が早かったな。だが、そのあと課長になるまでは、少し時間がかかっていたんだよ」

「そうなんですか……」

とはいえ餅原専務と違って、俺はこれ以上の昇進は難しいだろう。

自分の程度はよくわかっているし、人望もあるとは思えない。

それよりも気になることがある。

「あの、昇進した後も、今の『福利厚生』は継続ということでしょうか？」

「ああ、そこは期待してもらってもいいぞ。ウチの会社は忙しいが、やっただけちゃんと評価されるから」

「では、このまま継続で？」

希実と、今後もずっと一緒にいられる！　喜びを胸にそう尋ねると、部長は笑顔で頷いた。

「もちろん、昇進に合わせて昇給はある。それに『福利厚生』も、平のときよりも豪華になるから期待していていい」

「え？　変わるんですか……？」

まさか希実以外の誰かになるとか？

それとも人が増えるとか？

どちらにしても、俺が期待する内容ではない。

「なんだ、変わらないほうがいいのかね？」

「え、ええ。できれば、以前と同じというか、今のまま継続してほしいのですけれど……」

「ははっ、欲のないやつだな。そのあたりについては、のちほど相談しよう。今は、引き継ぎと新体制の準備を進めておいてくれ」

「はい」

部長との話を終え、俺は自分の部署の机へと戻った。

この後のこともあって、俺の昇進と、それに伴う作業についての話を部署の皆にしたのが、反対する者も、文句を言う者もいなかった。

「なあ、本当に俺だけでいいのかな？」

「何がだ？」

「みんなで努力してきた結果なのに、俺だけが評価されていないか？」

「は？　何を言ってんだよ。お前以外に適任はいないぞ？」

少しばかり心配になって同僚達に尋ねると、むしろ呆れられてしまった。

「お前、自分がしてきたことの価値がわかってないのか？　俺たちはみんな、感謝しているんだぞ？」

「何をだ……？」

「ああ、うん。なるほど。だからそんな顔をしているのか。よくわかった」

同僚は納得したような顔をしているが、俺はますますわけがわからなくなった。

「それぞれが得意な仕事に集中できて、残業時間も減って、休出することもなくなった。それはわかるな？」

それはすべて、少しでも長く希実と一緒に過ごしたくてやったことだ。

「忙しいときならともかく、時間内にきっちりとやれば、残業をそんなにする必要もなくなっただろ？　それに、稼ぎたかったやつにとっては余計なお世話じゃないのか？」

「金が欲しくて働きたいのなら、許可を得て残業をすればいいだけだしな。したいやつがする。したくないやつはしないでいい状況になった。これもわかるよな？」

「……当たり前のことだろ？」

「その当たり前のことを、言うのもするのも難かしかったんだよ。お前だって最初の頃は、定時かちょっとだけ残業したらそそくさと帰るから、空気の読めないやつだと思われていたんだぞ？」

「そ、そうなのか？」

「ああ。だが、自分の仕事はきっちり終わらせていたし、遅れ気味のやつがいたら手伝いもしていただろ？」

「……していたような、気もするな」

「そういうあれこれのおかげで、気になっていた労働環境が改善されて、残業代も減ったんだから、会社も社員もお互いに万々歳ってやつだ」

「うーん、どれも俺が評価されるようなことじゃないような気がするんだが……」

「まだよくわかってないみたいだが、まあ……それもお前のいいところだな。これからもよろしく頼むぞ、新係長」

同僚とのそんな会話からしばらくして、俺は昇進の重みを知った。

所属部署内での昇進なら、大きな面倒もないだろう……なんていうのは甘い考えだった。

なにも問題は発生しなくても、やるべきことは多い。

今まで通りの仕事がありつつ、新人の受け入れ準備や、係長としての仕事の引き継ぎ作業もあって、帰宅はどんどん遅くなる。

こんな忙しさは今だけだとは思うが、なかなかにしんどい。

希実と過ごす時間をひねりだすためなら、努力は惜しまない。

しかしそれでも業務に忙殺されてしまい、前ほどには、甘い物を買って帰ることができなくなった。

日々の会話や、軽い触れ合いやキスをすることはできる。けれども、彼女と体を重ねることなく、すでに半月ほどが経過していた。

希実が支えてくれなければ、忙しい日々を乗り越えられなかったかもしれない。

「はあ……やっと、一息つけた……」

明日は休みだ。しかも、久しぶりに用事も仕事もない、完全な休日だった。

「お疲れさまです、ご主人さま。はい、どうぞ」

そう言って希実が出してくれたのは、手作りらしいケーキと紅茶だった。

「希実、これは?」

「……疲れたときには、甘い物が良いですから」

頬を赤くしながら、希実が答える。

「そうだな。このところ、ずっと甘いものが足りないと思っていたんだ」

希実とふたり、言葉少なにケーキを食べ、お茶を飲んでほっと息を吐く。

「ごちそうさま、すごく美味かったよ。それに、疲れもなくなったみたいだ」

「そ、そうですか……」

希実は上目遣いに俺を見つめてくる。

本当は、軽く食休みをした後、一緒にお風呂に入ってそれから……なんて考えていたのだけれど、そんな可愛い顔をされたら我慢なんてできない。

「次は、ケーキよりも甘いもの……希実のことを、味わいたいな」

俺は手を伸ばして彼女の頬に、そして艶やかで柔らかな唇へと、なぞるように指を這わせていく。

「は、はい……ご主人さまの、お好きなように味わってください……」

「……うん、そうさせてもらうね」

そう告げると、彼女をそっと抱き寄せて、唇を重ねる。

「んっ♥　ん、ちゅ、ん、ちゅふっ、ふぁあっ、はあ、はあ……ご主人さま……ん、んふっ」

息をつく間さえ惜しむように、俺たちは互いを求め合う。

舌を唇に割り入れると、嫌がることもなく受け入れた。

むしろ彼女のほうからも積極的に舌を差し出してきて、さらに濃厚なキスをしばらく堪能する。

「んちゅうう……ふあっ、ご主人さま……んちゅっ、ちゅふっ、んんぅ⁉」

希実の舌を唇で挟んで軽く扱くと、彼女が同じように俺の舌を唇で挟んで擦ってくれる。

そのまま舌を口内へ差し入れ、希実の舌に舌を重ねあわせて絡ませ合う。

「ぴちゅ、んちゅっ、ちゅくっ、んはぁ……こんなキスをされたら、体がふわふわしてきちゃいます……んんぅ……こんなにされたら……。私……わがまま、言いたくなっちゃいます……」

すっかりトロトロの顔になった希実が、唇を可愛らしく尖らせた。

「わがままって、どんなわがまま？」

「もっと、キスをしてほしいです。もっと、キスをしたいです。それから……」

「……たぶん、俺も同じことを思ってる」

希実と触れ合い、抱きしめ、キスをすることで、渇いていた心が満たされていくのを感じる。

俺は、俺が思っていた以上に、彼女との触れ合いを求めていたようだ。

抱きしめていた腕を下ろし、希実の背中からお尻へと手を下ろしていく。

女性らしいラインを描くお尻を、むにむにと強めに揉みしだく。

「あ……んんっ♥　ご主人さま、その……するのでしたら、寝室で……んんっ」

希実は小さく腰を振りながら、そっと俺の腕を押さえて寝室へと誘ってくる。

そのほうがいいんだろうけど……一瞬たりとも、離れたくない。

気持ちが昂ぶり、強くなる欲求のままに、俺は彼女の足に手を這わせる。

「あ、んっ♥　ご主人さま……くすぐった……あ、あっ♥」

すべらかな肌の感触を楽しむように、手の平を滑らせ、少しずつ足の付け根へ近づけていく。

「……っ」

ただでさえ短いスカートをまくりあげ、パンツに指をかけてゆっくりと下ろしていく。

「あ……!?　あ、あの……」

戸惑っている希実の股間に触れた。

「んあっ!?」

そこはすでに熱を帯び、十分なくらいに濡れているのがわかった。

割れ目に愛液を塗り広げるように、ゆっくりと指を前後させる。

「んくぅ……やんっ、ダメですってぇ……はうっ、んあぁぁっ♥」

陰唇を擦りあげるたびに、くちゅくちゅと粘つくような水音が生まれ、それがだんだんと大きくなっていく。

「希実のここ、もう濡れているな」

「あうっ!? そ、それはご主人さまにキスをいっぱいされて……んんぅ……さわられたら……んっ♥　あ、あっ♥　だから、そうなってるんです……んぁ♥」

「いいよね？　俺……ベッドまで待てない。希実だって同じ気持ちじゃないのか？」

「それはっ、やんっ、はうっ……くんんぅっ♥」

膣口にぐっと指先を入れ、ぬめる膣壁を指の腹でくすぐるようにして擦っていくと、びくっびくっと腰が跳ねる。

「ふぁぁ……あうっ、んんぅ……そ、そんなにグリグリって、中を擦らないでくださいぃ……あうっ、くううぅ……♥」

擦るごとに甘い声は艶を増し、膣口は指先をきつく締めてくる。明らかに誘っている。

「はあ、はあ……こんなところでするのは、あまりよくないと思って……あ、ああっ……はあ、はんぅ……ああんっ♥」

「ん？　さっきはダメだって言ってたのに、あまりよくないに変わってきたね。これはもう少しすれば、きっとOKがもらえそうだ」

「なっ!?　そ、そんなことはないですぅ……。んくっ、んんぅ……寝室でしたほうが落ち着いてできますよ？　それに、準備もあって……んあっ、はんんぅ……」

　あくまでも寝室に行きたい希実と、このままヤリたい俺とのせめぎ合いがしばらく続いたが、勝敗は急に決した。

「はあっ、はんんぅ……いつもより丁寧に弄りすぎです……。はうっ、んんぅ……で、でもやっぱりここでは……きゃあぁんっ!?」

「……え？」

　指先に今までとは違う膣壁の感触を覚え、そこを軽く撫でると、希実は悲鳴のような喘ぎ声を出して抱きついてくる。

「んなっ、はうっ、んんぅ……な、なんですか今のところ……んんぅ……全身に電気が走っちゃったんですけど……」

「ああ……もしかしてここが、Gスポットってやつかな」

　これはいい場所を探り当てたと、すかさずその敏感な場所を細かく振動させた。

「ふああぁんっ!?　ひうっ、ふなあぁっ♥　ああっ、やんっ、そんなっ……んんぅっ！　だ、ダメっ、本当にダメになるぅっ！　ああっ、やんんぅっ♥　私っ、ダメっ、だっめえぇえぇえぇえぇっ♥」

　相当気持ちよかったようで、ほんの数回であっさりと絶頂に達していた。

「んんっ、んはあぁ……はうっ、あんんぅ……。こ、こんなのひどすぎますぅ……はうっ、んんぅ……私も知らない気持ちいいとこぉ……責められちゃったぁ……はううぅ……」

しがみつくようにして、気持ちよさそうに震える希実を支えながら、しっかりと抱きしめる。

ちょっとした愛部のつもりだったが、思わぬ収穫だった。ぜひ覚えておこう。

「ふふ……さて。ここまでしたら、もう諦めはついたかな？」

「はあっ、はうっ、んんんぅ……そ、それでもやっぱり、こんな卑猥なことをここで続けるのはぁ……あんんぅ……」

なぜか、今日はいつになく強情だった。

「残念だが、それはできないな。だって俺が我慢できないからっ」

「んあああぁっ⁉ あうっ、やあぁぁんっ♥」

希実の脚を持ち上げ、愛液で濡れたショーツをずらすと、すでにカウパーで濡れた亀頭を膣口に押し当てる。

「ふあっ、あんぅ……ま、まさか本当に立ったままでっ⁉」

急なことに慌てながらも、希実は壁に手をついて、なんとか体勢を維持していた。

立ちバックだが、片足は持ち上げたままで突き込んでいく。

「ああ、大丈夫。俺もちゃんと支えるからっ」

「くんんぅっ⁉ ふあっ、きゃううううぅんっ♥」

ら覆ってくる。

濡れた膣内へ一気に挿入すると、ピッタリと竿に張りつくようにして、膣壁が震えなが
　それはまるで、喜んでいるかのように思えた。

「あぁっ♥　ご主人さま、んあぁ……こんなところで、んっ♥　しかもこんな格好で挿れてきちゃうなんてぇ……」

　俺のほうを振り返りながら、希実が色めいた声をあげる。

　言葉では抗議しているように聞こえるものの、その声はすっかりと感じており、期待しているようだった。

「ここまでしちゃったんだ。観念して俺に、ヤられてくれ」

「んくっ、んんんぅ……ふあぁっ♥　はうぅ……あっ、あんんぅ……あぁぁっ♥」

　ちょっと変わった体位なので少し様子を見ながら、まずはゆっくりと腰を前後に動かしていく。

「ふあっ、あんんぅ……んくっ、んんぅ……すごい……立ったままでも出来ちゃうなんてぇ……器用なんですね、ご主人さまぁ……あんんぅ……」

「変な感じは……しないみたいだな。それならもう少し……」

　動きに慣れてきた俺は、ぐっと下半身に力を入れ、腰のスピードを上げていく。

「んんぅっ!?　んあっ、はんんぅ……ああっ♥　やんっ、あぁぁんっ♥」

ストロークは普段より短くなるものの、立ったままするという状況もあってか、彼女の膣襞がきゅうきゅうと肉棒を締めつけてきた。

「んくっ、んあっ、あぁぁんっ♥　こんなに動けるなんてすごい……あうっ、んんぅっ♥　あぁっ、い、いつもと違う場所が擦れちゃって……。なんだかすごく気持ちいい……はぁあぁっ♥」

「確かに希実の中の具合が、ちょっと違うかもな……。くっ……襞の絡みも締めつけ方も、いつもより新鮮だ」

「はうっ、んんぅ……んあぅ、あんっ……リビングでこんなエッチなことしてるのに……。あうっ、んんぅっ♥　気持ち良くなっちゃうなんて、おかしいですぅ……。あっ、あぁぁんっ♥」

さすがにここまできたら諦めたのだろう。希実はもう俺にすべてを委ね、快楽に流されるままになっているようだ。

「んあぅ、はんんぅ……おちんちんもなんだかすごく硬くて……。私の中の引っ掻き方が凄すぎですぅ……んんっ、ふあぁぁっ♥」

「やっぱりたまにはこういう、いつもと違う場所だと希実も興奮するんだね」

「んっ、はうぅ……だからあんなにしたがってたんですか？　んっ、んんぅ……こんなに力強く擦ってくるのもそのせいですね、きっと……」

「いや、興奮してるのは俺だけじゃないさ。だってほら」

「あうっ、んんぅ……え？」

視線を床に向けると、溢れた愛液の雫がこぼれ、点々とシミを作っていた。

普段と違う体位で興奮しているのは、お互い様だったようだ。

「や、やだっ、私……あうっ、んっ、んあぁぁっ♥　ううぅ……こんな汚してしまったら、メイドとしての立場がないです……」

「ふふ、それは確かにけしからんね。ということで、けしからんから、もっといっぱい楽しませてもらおうかっ」

「ふあぁっ？　あうっ、んんくっ、やんっ、んあぁぁっ♥」

しっかり希実を支えつつ、壁に押し付けるようにして激しいピストンで責め立てていく。

「はっ、はうっ、んんぅっ！　ダメですぅ、そんなに激しくしちゃ……。あうっ、あぁぁっ♥　エッチなお汁が、もっと飛び散っちゃいますからぁ……あうっ、くんんぅっ♥」

「うわ、ほんとだな。まあ、こぼしてしまったのはしかたないし……この際、どれだけ飛び散るか試して見るのもいいかもなっ」

「ええっ!?　この際って、どの際ですかっ!?　はうっ、あっ♥　あぁぁっ♥　ああっ、ダメなのに、そんなっ……んっ、んんぅ……自分ではこれ、止められないですぅっ♥」

ポタポタと垂れる音が聞こえるほどに、愛液が溢れてきている。そんな蜜壺を、俺は肉棒でかき回していった。

「あっ♥ ああっ♥ すご……いいぃんっ♥ 立ったままでっ、こんなに乱れちゃうなんてぇ……んくっ、んあぁぁっ!? ひうっ、んんぅっ！ さっきのすごいとこも、おちんちんが擦ってきて……これ、すぐにイっちゃううぅっ♥」

メスのスイッチが入った希実は、ぎゅっと身体を強張らせながら、いやらしい声を上げまくっていた。

「くっ……そろそろ限界だ……」

「はあっ、あっ、私もとんじゃいそうですぅ……。あっ、んんぅっ♥ ご主人さまぁっ、くださいっ、一緒にイってぇっ！ あうっ、んんぅっ♥」

メイドさんの可愛いおねだりに応えるべく、腰のピストンをトップスピードに上げる。

「はいっ、いいっ、いいですぅ……あぁぁんっ♥ 私もっ、イクッ、イクイクイックッ、イックうぅっ！」

あともう少しというところで、先に希実が全身を震わせて達した。

その煽りで、膣内の締めつけがさらに一段と強くなる。抱えた真っ白な脚も、暴れるように震えていた。

「おおっ!? やばい、俺も……ううっ！」

どびゅるっ！ どぴゅどぴゅっ、どびゅるるっ！ びゅくびゅくっ！

「んはぁぁっ!?　あぁぁつ、また連続でっ、イクっ、イきゅううううぅぅぅぅっ♥」

絶頂した膣奥へと勢いよく精液を注ぎ込んでいくと、おさまりきらないほどの量だったのか膣口から逆流してしまい、これもまた床を汚していく。

「んくっ、んふぁぁああぁ……あうっ♥　あぁぁぁっ♥　おちんちんのビクビクぅ……しゅごぉ……はううぅんっ!?」

「おっと……大丈夫かい？」

絶頂しすぎて体に力が入らなくなったようで、崩れ落ちるところをしっかりと抱きかかえる。

「は、はひぃ……平気ですぅ……あんんぅ……それよりも、床を汚してしまいましたぁ……あんぅ……ごめんなさい……」

下を向いて息を荒くする希実は、ちょっとばつの悪そうな顔をした。

「そんなことは、気にしなくていいよ。俺の精液も混じってるし。後で俺も掃除を手伝うから」

「んんぅ……ご主人さまはいつも優しいです……。あんんぅ……本来なら、私がもっとお祝いしてあげたかったのにぃ……」

「いや、一番豪華なお祝いをもらったよ。ありがとう、希実」

「んんんぅ……ちゅっ、んちゅぅ……♥」

心から感謝を込めて、キスをしながら抱きしめる。

本当に充実したお祝いのひとときを過ごせて、幸せだった。

「……ちなみにさっき、寝室に準備がって言いかけたみたいだけど、なにを用意していたんだい？」

「あんんぅ……お祝いのご奉仕のために、簡単なコスプレ衣装を用意していたんですぅ……男の人はそういうのを喜ぶと聞いたので……」

「…………やっぱり、寝室でしないとよくないよな！　うんっ。希実の言う通りだっ！」

「きゃあっ⁉　ご、ご主人さまっ⁉」

まだ腰の抜けている希実をお姫様抱っこで持ち上げ、俺はまっすぐに寝室へと向かった。


翌朝、起きたときには彼女はいつも通りに笑顔だった。

俺が昇進することを、一緒に喜んでくれた彼女の気持ちに嘘はないだろう。

それなのに、どうして寂しそうに見えてしまうのだろう。

前にも、今日と同じような表情をしていたことがあった。

どうして、あんな顔を――。

というところで、気づいた。

管理職は忙しい。けれど、上司がいつまでも残っていると、部下が帰れない。そういう理由もあって、役職が付くと残業と帰宅時間に制限がつく。

終わらない場合は家に持ちかえってやっていたりするので、結局忙しいことに変わりはない……ないが、今よりも時間の融通が利くようになるのだ。

……だからか？

彼女は、俺の過酷な労働を支えるために派遣されていたはずだ。

会社の『福利厚生』の一環ならば、その状況が解消されたら、終わりということになるのではないか？

だから彼女はあんな顔を……？

しかし、昇進を拒んで今のままでいるとしても、彼女はいつまで一緒にいてくれるのだろうか？

突然に始まった同居生活なのだから、それが同じように終わっても不思議はない。

「……っ」

一瞬で、浮かれていた気持ちがしぼんでいくのを感じた。

彼女が当たり前にいてくれることが楽しくて、無意識に考えることを避けていたのかもしれない。

「……ただいま」

「おかえりなさい……ご主人さま、どうかしたんですか？」

出迎えてくれた希実が、心配そうに俺の顔をのぞきこんでくる。

「あ、ああ。あったというか、あるというか……」

「夜になると少し肌寒いですよね。温かい飲み物を用意しますので、のんびりしていてください」

彼女に促されるままリビングのソファに腰を下ろし、背もたれに体を預ける。

「どうぞ」

「ありがとう」

お茶を飲んでほっと息をつく。彼女の言う通り、少しばかり体が冷えていたのかもしれない。

「何かあったんですか？」

「……うん。当然だけれど、役職が付くと色々と条件が変わるだよ。たとえば『福利厚生』なんかも」

希実はきょとんとした顔をしている。

「あ、あれ？　もしかして俺の役職が変わっても、希実には影響ないのか？」

「あ……」

俺が何を気にしているのか、希実も理解したようだ。

「影響がないとは言えません」

「……やっぱりそうか」

希実がいなくなるかもしれない……いや、いなくなるのだろう。

そう思うと胸が苦しくなる。

「希実がいなくなるくらいなら、昇進なんてしなくてもいい」

「ご主人さま、私がいなくなるというのは……」

「昇進と同時に『福利厚生』の見直しがあるはずだ。そうなったら、希実以外の誰かがここへくることになるのかもしれない」

「え？　それは……」

希実は戸惑ったように視線を揺らす。

「無理を、無茶を言っているのはわかってるけれど……このまま、俺のところにいてもらうことはできないのか？」

「……私だってご主人さまと一緒にいたいと、ずっと思っています。でも――んんっ」

でも、という言葉の先を聞きたくなくて、俺は少しばかり強引に希実にキスをする。

「ちゅむっ、ちゅっ、ちゅぅ……ご主人さま……んちゅっ、ちゅむぅんっ♥」

自分の気持ちだけをぶつけるような一方的で、激しいキス。

けれど希実は全てを受け入れ、それだけでなく彼女からも積極的に舌を絡め、甘く濃厚なキスをしてくる。

「はあ、はあ……希実……？」

「ご主人さま、私に任せてください」

胸を押しつけるようにして腕を組んでくると、寝室へと連れていかれる。

彼女にされるがままになっていると、希実は俺の服まで脱がしてくれる。

……こんなに積極的な彼女は珍しい気がする。

「どうしたんだ？　こんなにしてくれて……」

「んっ……私はメイドですよ？　これくらいのご奉仕、ちゃんと出来ますから」

「……その割には、ずいぶんと顔が赤いけどな」

「あうっ……そ、そんなことないですっ。ご主人さまのためなら私、何でもできるんですからっ！　え、えいっ！」

「おっ？　うわっ⁉」

勢いよく抱きつかれるのと同時に、ベッドへ押し倒されてしまった。

ここまで強引な希実は初めてかも知れない。

「……本当に今日はすごいな、希実。無理してないか？」

「無理なんてしてないですよ、んんぅ……今日はちゃんと、私にさせてほしい……いえ、私がしたいんです。ダメ、ですか？」

いつになく真剣な瞳で、真っ直ぐに見つめてくる。その美しい表情に思わず息をのんだ。

「だ、ダメというわけじゃないけど……くぅっ⁉」

いつの間にかその細い指で俺の肉棒を掴んだ彼女は、軽く上下に動かして手コキを始める。

「あんぅ……熱い……んんぅ……ズボンの中でもかなり大きくしていたみたいですね。もう先から透明なのが出てきてますよ。ふふっ♥」

「おおぅっ……なんてエロい……くっ……」

妙にやる気満々な希実が妖艶な笑みを浮かべる。なんだか妙なスイッチが入っているようだ。

「はあぁ……ご主人さまの広い胸板……安心感のあるこのぬくもり……とっても心地いいです……はあぁぁぁ♥」

俺の胸に頰ずりをしながら、艶のあるため息を漏らす。

その姿にまた、俺の心はときめいてしまう。

「希実……今日はまた一段とエロいな……」

「んんぅ……はい♪　私はご主人さまのためならいくらでもエロくなれますから……んっ、

れるっ、ちゅるんっ♥」

「んあっ⁉　おおぉぅ……」

明らかに鼻息を荒くして興奮している彼女は、そのまま俺の乳首を舌先で舐めてきた。

「んちゅるっ、ちゅふぅ……ふふっ♥　ご主人さま、こっち……乳首も硬くなっていますね♪」

「うっ……くっ、そんなふうに希実に舐められて……だから、だよ」

希実がイタズラな目をして俺の胸を舐めてくるそのエロさに、心が、そして体が反応している。

「んるっ、れるっ……ぺろっ、ぺろっ♥　乳首と一緒に、おちんちんもすっかり硬くなっちゃってます♪　はあぁ……なんだか可愛いですね♥」

「くっ……俺みたいな男に可愛いはないだろ……でもよくわかったんじゃないか？　どうして俺がおっぱいにいたずらしたくなるかっていう気持ちが」

「きゃううぅんっ♥　んあっ、はううぅ……ご主人さま、やっぱり触ってきましたっ♪　んあぁっ♥」

押し当てられる膨らみの感触に、たまらず手が伸び、横乳を揉んでいた。

「やっぱり希実のおっぱいは、揉み心地が最高だからな。揉んでるだけで落ち着くよ」

「あうっ、んんぅ……そう言われると、嬉しいです……あうっ、んあぁっ♥　はあぁ……

ちょっと触れられただけで、こんなに体が燃え上がってしまう……んんっ、あんんぅ……ご主人さまの手は、いつも私を狂わせますねぇ……んんっ、くうぅんっ♥」

発情して高ぶっているのか、肉棒からは手を放し、上体を起こしてより揉みやすくしてくる。

さらに胸を揉む俺の手に自分の手を上から重ね、一緒に揉むようにして動かしてきた。

「んんぅっ♥　ふあぁ……気持ちいいぃ……はあっ、あくぅんっ♥　おっぱい弄られるのっ、好きぃ……あぁぁっ♥」

セクシーな女優も顔負けの扇情的な行動は、俺だけでなく彼女自身の欲情をかき立てていった。

「んくっ、んあっ、はあぁ……我慢できなくなっちゃいましたぁっ♥」

そう言って、今度はおれの太ももあたりに跨がってくる。このまま、騎乗位でしてしまおうとしているようだ。

「え？　いや、待ってくれ。まだそっちのほうは弄ってないし……」

「んふふ……それは平気です。だってもういりませんから……♥」

そう言ってにやりと笑う希実は、その場で両膝を上げ、見事なM字開脚をする。

「あんんぅ……ほらっ、見てください……もうこんなに欲しがっているんですぅ……♥」

うっとりとまるで夢心地のような表情で、二つの長い指を自分の陰唇にあてがうと、ゆっくりと開き、見せつけてくる。

「お、おおぉ……」

そこには瑞々しく濡れそぼった、鮮やかな赤色が花咲いていた。

「な、なんて……ドスケベな恰好なんだ……」

「んんぅ？　あんぅ…………………ひぅっ⁉」

瞳を、かっ！　と見開いたかと思ったら、急にぷいっと後ろを向いてしまった。

「……えっ？　えっ？　ど、どうした？」

「あ、ううぅ……い、いやえっと……今の格好はさすがにちょっとやりすぎちゃったかなと……んんぅ……だ、だからあのっ、忘れてくださいっ！」

なぜか希実は、その後姿からでもわかるくらいに、動揺している。

「……あっ、もしかして……ちょっと冷静になったら、思いっきり恥ずかしいって気づいたのか？」

「っ～～～～っ‼」

首筋から耳まで真っ赤にして、声にならない恥ずかしそうな悲鳴を上げている。

顔は見えないが、きっと涙目になっているに違いない。

「はうっ、ううぅ……なんだか気持ちよくなりすぎてどうかしてたんですぅ……も、もういいですからっ！　と、とにかく準備はいいですから……このましちゃいますっ！」

と腰を浮かせる。
「ええっ⁉　このままか⁉」
俺に顔を見せられないほど恥ずかしいらしく、妙な勢いのまま、後ろ向きで挿入しよう
「あんんぅ……大丈夫だと思います。ご主人さまのは硬いし、元気に上を向いてますから
きっと……んあっ、はうっ、くんんぅ～～っ！」
肉棒をしっかりと握り、さっき見せてくれた膣口へと亀頭を受け入れていく。
「くうぅぅ……んくうぅんっ⁉　あぐっ、ふはあぁぁ～～っ♥　んあっ、はあぁ……は、入
りましたぁっ♥　あんんんぅ……」
「おお……本当に入れたんだな……」
特に支障なく、しっかりと根本まで受け止めると、ほっと大きく息をついて、肩越しに
ちらりと振り返る。
「んくっ、んんはぁ……ご主人さまのほうは平気ですか？　あんぅ……おちんちんが変に
傾いてきつくなってないですか？　んくっ、ふぁぁ……」
「ああ、大丈夫だ。というかすごくいい……」
「んあっ、はんんぅ……そうですか……んあんぅ……私のほうも、いつもと違った部分に
みっちり詰まってる感じがして、気持ちいいですよぉ……んんんぅ……♥」
肉棒の反りとは逆向きにテンションが掛かっている感じで、膣肉がいつも以上にしっか

りと張り付いてくるようだ。

「……確かにこれは挿れただけでも気持ちいいけど……でも俺としては、できればおっぱいも触らせてほしかったな」

「……そう言って、本当は私の恥ずかしがる顔を見ようとしてるんですよね？」

「あ、バレてた」

「もうぅ……おっぱいのことを忘れちゃうくらい、今日はちゃんとおまんこでしてあげちゃいますからっ！　んんぅ……んあっ、あぁぁんっ♥」

この姿勢での騎乗位は初めての割に、希実は意外にもなめらかに腰を動かしていった。

「んはぁっ……ふぅ、ん、あぁっ……ご主人さま、んっ♥」

蠕動する膣襞が肉棒を擦りあげて刺激してくる。

「あふっ、ん、あぁっ♥　はあっ、はんんぅ……しっかりとご奉仕おまんこを堪能してくださいぃ……あうっ、んくっ、ふあぁぁっ♥」

「くっ……ああ、そうさせてもらおう」

正直、こちらからもアクションを起こしたくなるほど、気持ち良い見事な上下運動だ。

しかし、俺のために張り切っている積極的な今日の希実のことを考えると、手を出すのは無粋というものだろう。

「んくっ、んはぁ……あうっ、んんんぅんっ♥　ああっ、いいぃ……この中の擦れ方が新鮮で、お腹の奥がキュンってしちゃうぅ……あうっ、んはぁぁっ♥」

　俺はきれいな背中のラインと、ピストンのたびに上下する丸いお尻を眺めているのだった。

「ご主人さま、ん、はぁっ……♥　私のおまんこで、んぅ……いっぱい、気持ちよくなってくださいね……あぁぁんっ♥」

「おおぅっ⁉　ああ……もうすでに気持ちよすぎるよ」

　彼女はそのままリズムよく、さらにスピードを上げて腰を動かしていく。

「んっ、んんぅっ！　はうっ、んあぁぁんっ♥　はあっ、はあっ、はあぁぁっ♥」

　跳ね上がり揺れるキラキラの髪と、妖艶に揺れる美しい背中が実にそそる。

　蜜壺の気持ちよさに浸りながら、その後ろ姿を見上げていた。

「んっ……こんなに激しく……しかもきちんと滑らかに動くなんて……あのM字開脚よりエロいよ、希実」

「うなあぁっ⁉　はうぅ……あ、アレはほんとについ、気持ちが高ぶってやってしまったんですぅ……もう、忘れてくださいっ。ご主人さまのイジワルっ！　んんっ♥　んあっ、あんっ、ああっ♥」

「おおうっ⁉　きつい……その締めつけヤバイってて」

　思っていたよりも激しい腰の動きと締めつけで、もう止められないほどの射精感がこみ上げてきてしまった。

そしてその俺の変化を、希実は逃さなかった。

「ひゃあぁんっ⁉ んあっ！ おちんちんがぷくっと膨らんでますぅ……あうっ、んんぅっ♥ これ、出そうなんですね？ あうっ、んんぅ……それじゃ、このまま出しちゃってくださいっ♥ あうっ、んっ、んあぁぁっ♥ 熱いのを私に注いでくださいぃっ♥」

完全にヌきにかかった腰振りに、もう我慢できない。

「はっ、はあっ、あうっ、くうぅぅんっ♥ 我慢せずっ、遠慮なく出してっ、出してぇっ！ んあっ、はあぁぁっ♥」

「ぬあっ⁉ む、無理だ……ううっ！」

どっくんっ！ どぷどぷっ、どびゅるっ！ びゅくびゅくびゅるるっ‼

「あうっ⁉ んはあぁぁっ！ ドピュドピュの精液でっ、とぶうううぅぅぅぅっ♥」

あっという間に彼女の中で果ててしまった。

「んあっ、んはあぁ……はあっ、はんぅ……元気な射精で、私もイっちゃいましたぁ……あんぅ……でも、先にご主人さまをイかせることが出来たみたいですね。ふふっ、ちょっと嬉しいです♥」

「くぅ……本気の希実って、ヤバいんだな……」

「そんなことないですぅ……ヤバいのはご主人さまのほうですよ……はんんぅ……だって

ほら、まだこんなに……んんんぅっ♥」

「え？　おうっ……あぐっ……」

膣内で肉棒を確かめるように、ぐりぐりと腰を回してくる。

確かにまだ竿の勢いが、全然おさまっていなかった。

「んあっ、はあぁ……大きいままですね……。それじゃもう一度……んくっ、んあああぁっ♥」

「んえっ？　ちょっ……おおうっ⁉」

まさか希実のほうから、連続して腰を振ってくるとは思わなかった。

「あうっ、んはぁ……あっ、んんぅんっ♥　ふふ……今日はいっぱいご奉仕しますよ～～っ♥」

抜かずの二回目もかなり激しく、そして締めつけが半端ない。

良すぎる蜜壺の具合に、腰が抜けそうになってくる。

「んんぅ、んあぁぁ……お腹の中で、いっぱいの精液が跳ねてるのがわかるぅ……あうっ、んっ、んんんぅっ♥　ご主人さまのたくましいおちんぽも、いっぱい擦れてすごいぃ……ああぁんっ♥」

俺の股間の上で、タプタプと激しく踊るお尻が実にいやらしい。

ここまで見せつけられると、俺も我慢ができなくなってきた。

「うっ……希実……ごめんっ！」

「ふなぁぁんっ!?　んあっ、やんっ、ダメですってばぁ……あうっ、んあぁぁっ♥　イタズラしちゃっ、ちゃんとご奉仕できないですよぉ……あうっ、くんんぅっ♥」

お尻を弄りながら、彼女の動きに合わせて股間へと引き寄せる。

「あうっ、んくっ、はっ、あぁぁんっ♥　そんなに無理矢理されちゃうと、調子が狂って私もおかしくなっちゃうぅ……んあっ♥　はっ♥　くううぅんっ♥」

「あぐっ……やばい、またすぐきた……ああっ！　希実っ、いくぞっ！」

「ひゅあっ!?　ひゃあぁぁんっ♥　あっ、あぁぁっ♥　下から腰っ、動いちゃってるぅ～～っ♥　んくっ、んやぁぁんっ♥」

抜けそうな力を振り絞り、最後に俺のほうからもなんとか突き上げて責めていく。

「す、すごいとこまで届いちゃってますぅ……んあっ、しゅごっ、あうっ、んんぅっ！　イクイクッ！　私っ、真っ白にとんで、イっちゃいますぅっ！　あああぁぁぁぁぁっ♥」

「くっ！」

びゅくるるっ！　びゅるっ、びゅるっ、びゅるるるっ!!

「んあぁっ!?　おまんこっ、しゅごいいいぃぃぃっ♥」

希実の絶頂と同時に俺もすべてを吐き出した。

「んくっ、んはぁ……ふあっ、あんんぅ……お腹の奥がぁ……精液で膨らんじゃってるぅ……んくっ、んんぅ……気持ちっ、いひぃ……♥」

おさまりきらない逆流した精液が股間を濡らすのを感じながら、心地いい余韻に浸る。

「んんぅ……んあっ、はぁぁ……またイタズラされちゃいましたけど……でもきちんとご奉仕できました♥　あんんぅ……」

「ああ。いつも通りのとってもいいご奉仕だったよ。これからもよろしくな、希実」

お尻を撫でると、ぴくんと体を震わせる。

「んんぅ……あんぅ……」

ただ、後ろを向いたまま、なぜか希実は返事をしなかった。

それは連続で二回もして疲れているから……という訳では、きっとないのだろう。


よく朝、目が覚めたときには希実の姿がなかった。

そのことに気付いた俺は、慌てて起き上がると、リビングへと向かう。

「あ、ご主人さま、おはようございます。どうしたんですか、そんなに慌てて」

「……いや、その……希実が、いなくなっていたらどうしようと思って……」

俺は脱力して、そのままソファに座りこんだ。

「もしも、私がお別れすることになっても、何も言わずにいなくなったりしませんから」

「……いなくならないとは約束してもらえないのか？」

「私は、そうしたいのですけれど……」

希実は眉を寄せて、困ったように笑う。

「やっぱり、昇進を断ったほうが――」

「だめですよ、ご主人さま」

希実がやんわりと俺の言葉を遮る。

「でも、そんなことを考えるのは私がいるからですよね。私のせいで、ご主人さまが昇進を断るのでしたら――」

「そんなこと言わないでくれ。希実がいるせいだなんて思ったことは一度もない！」

「ですが、私がいることが足枷になっているんじゃないですか？」

仕事よりも希実のほうが大切だという気持ちは本当だ。

だが昇進を断ったら『希実のため』にしているはずのことが『彼女のせい』でそうしていると思われてもしかたない。

「希実がいてくれるから、がんばれたんだ。だから、自分が悪いとか、足枷になっているだなんて言わないでくれ」

そう言って、希実の両手を包みこむようにしっかりと握り、まっすぐに見つめる。

「……私も、ご主人さまに喜んでもらえるから、一緒にいるんです。私はそれだけで十分です。ですから、私のために何かを犠牲にするとか、捨てるとか、そういうことは考えないでください」

たしかに彼女は会社の『福利厚生』で、家に来ているのだ。上の意向は無視できないだろう。でも……だからといって、何もかも従う必要はないはずだ。

「『福利厚生』でいられないのなら、会社に交渉する。それでもダメなら、一緒にいられる方法を考えればいい」

「え？　あ、あの、ご主人さま……？」

「俺は、どんなことがあっても、希実と一緒にいることを諦めない」

以前の自分ならば、こんなふうに考えたりしなかっただろう。

でも、俺は変わった……と思う。希実がいてくれたから。彼女のおかげで前を向いて進むことができるようになったからだ。

「昇進を断ったりしない。そして、希実と一緒にいることも諦めない」

「それは……難しいんじゃないでしょうか？」

「そうだな。でも、不可能じゃないと思わないか？　それに一度や二度くらいダメだと言われても諦めるつもりはないから。方法は一つじゃないだろ？」

「本当に、そう思ってくれますか？」

「もちろんだ。どんな困難があっても、俺は——希実とのこれからを諦めない！」

第四章 なにがあってもメイドさん

翌朝。俺はやる気に充ち満ちた状態で会社へと向かった。

今日は上司にかけあって、希実の継続雇用を認めてもらうつもりでいたからだ。

俺の直属の上司を通して、その上――部長に相談があるので時間を取っていただきたいと伝えてもらい、返答を待った。

部署や仕事の内容によるが、ウチは上に行くほどに激務だ。当然のように部長も俺たち以上に忙しい。最悪の場合、今日は無理かも知れないと覚悟していたのだけれど、思っていた以上に早く返答が来た。

「……よし、行くか」

気合いを入れ直すように呟くと、約束した時間の少し前に部長のもとへと向かった。

「それで、相談というのは何かな？」

あまり時間がないのだろう。ほとんど前置きなく部長が話を切り出した。

餅原専務と同じような率直さは、俺にとってもありがたいことだった。

「先日、五年目の社員たちに行なわれた『福利厚生』についてです」

「……何か不満でもあったのかな？」

わずかに声が低くなる。

「いえ、不満はまったくありません。すばらしいご配慮をいただき、会社には感謝しています」

「そうか。では、相談とは？」

「『福利厚生』で私の家へ派遣していただいた、メイドについてです」

「………………は？」

俺の言葉を聞き、部長はぽかんとした顔をした。

「すまないが、もう一度、言ってもらえるか？」

「私の家へ派遣していただいたメイドについて、ご相談したいことがあります」

「……冗談で言っているわけではなさそうだな」

まるで頭痛を堪えるようなポーズで、額《ひたい》に手を当てている。

「冗談でこんなことは言いません……あの、どうされたんですか？」

「会社の『福利厚生』でメイドが君の家に派遣されている、という認識で間違いはないのかね？」

「え、ええ。家事代行というか、部屋の掃除などをしてもらって――いました」

素直にすべて話さないほうがいい、そう判断して言葉を濁す。

「そんな『福利厚生』はあり得ない」

「え……？」

「誰が手配したのか調べるが、念のために盗まれた物なんかがないか、確認しておいたほうがいいよ」

「ええ……でも、それは心配いりません」

希実がそんなことをするはずもない。

「それならばいいのだが……それにしても、ずいぶんとおかしな話だな」

部長は真剣に悩んでいる。

「あの……どういうことでしょうか？」

希実のことをお願いするつもりだったのに、思ってもいなかったほうへと話が向かい、俺は戸惑った。

「上層部の意向で、予算の許す限り、常識の範囲内のことならば何でも……という条件で社員の希望を聞いているんだよ」

「はぁ……」

あれ？　そんなの聞かれたっけ？

「君が自分から希望したんじゃないのか？」

そう言って部長はＰＣを操作して、画面を眺める。

「……『家事全般の代行』と希望が出ているぞ？　これのせいじゃないのか？」

「え……？」

おかしい。そんな希望を出した覚えはない。そもそも最初は、俺は『福利厚生』についての話自体を聞いていなかったのだ。

後からメールを見ただけだ。会議で聞き逃したり、適当に対処していた可能性もあるが。

「希望がかなわなかったり、最初から特に要望がない場合は、有給の追加になるはずなんだが……なぜだろうな」

部長もしきりに首を捻っている。

混乱しているようだが、それは俺も同じだった。

「なぜと言われましても……事実を言っているだけですが」

「そのメイドの名前は？」

「え？　あの……高輪希実です」

「……ああ、そういうことか」

俺が希実の名前を告げると、さっきまでの険しい表情から一転、苦笑というか、呆れというか、そんな顔へと変わった。

「部長……？」

「餅原専務には、私から連絡をしておく。明日の同じ時間にここに来てもらえるか？　話はそのときに改めてしよう」

餅原専務？　なんでいきなりそういう話になるんだ？

とはいえ、こうなっては下っ端の俺には何も言えない。

「……わかりました。では、明日の同じ時間にこちらに伺います」

希実のことを直談判するつもりだったのに、何もできないままに終わってしまった。

自分の机に戻ってからも、先ほど部長とした話の内容が気になってしまい、仕事に集中できずにいた。

「……植野。部長のところへ行ってたんだろ？　何かあったのか？」

傍目にも様子がおかしかったのかもしれない。同僚の名波が心配そうに尋ねてくる。

「あ、ああ。いや、悪い。なんでもないんだ」

「なんでもないって顔じゃないけどな。それに、そんなペースでやってたら残業になるんじゃないのか？」

「う……たしかに」

前よりもうまく回るようになったとはいえ、仕事量が減ったわけではないのだ。

気を取られてボンヤリしてたとはいえ、このままでは定時に帰宅するどころか、三時間以上の残業コースだ。

「……しかたないな。俺でもできそうなやつよこせ。手伝ってやるから、どうしてもってやつが終わったら今日はもう帰れ」

「……すまん、助かる」

同僚の厚意に甘えて、俺はいつもより少しだけ遅い時間に帰宅の途につけたのだった。


希実は会社の『福利厚生』の一環として、俺の家に来てくれた。彼女もそう言っていたのだから、間違いじゃないはず。

……でも、本当はそんな予定がなかったとしたら？

彼女が俺の元へ来たことには、別の理由があるとしたら？

希実に悪意があるとは思えない。けれど、考えるほどに俺のところへ来てくれた理由がわからなくなっていく。

そして、彼女が少し寂しげな顔をしていたのは、俺がこのことを知るのを怖れていたからだとしたら？

　俺が事実を知ってしまったら、希実は一緒にいることができず、いなくなってしまうかもしれない。どうしても、そんな不安が湧いてくる。

　歩調は自然と速くなり、最後には走るようにして家へと向かう。

「おかえりなさい、孝弘さ……どうしたんですか？」

「あ、ああ。希実がいてくれて安心したんだよ」

　よかった。どこにも行ったりしていなかった。笑顔で出迎えてくれた希実の姿を見て、気が抜けてしまった。

「この時間に用もなく出かけたりしませんし、どこかへ行く必要があれば、ご連絡をしますよ？」

「……うん、そうだったな」

「言いましたよね。黙っていなくなったりはしませんから。ご主人さま……何かありましたか？」

　それでもまだ俺の態度がおかしいことに気づいたのか、希実は小首を傾げている。

「少し、話をしたいんだけれどいいかな？」

「……はい」

　前に見たのと同じように、希実は少し寂しげな笑みを浮かべて頷いた。

いつもなら並んで座っているリビングのソファに、テーブルを挟んで向かい合う。

「今日、希実のことを上司に相談しに行ったんだ」

「……では、知られてしまったんですね」

目を伏せて、希実が独り言のように呟いた。

「やっぱり『福利厚生』なんて嘘だったんだ？」

「はい。嘘をついていて、すみませんでした」

希実はあっさりと俺の言葉を認めて頭を下げる。

「でも、どうしてそんな嘘をついてまで、メイドを？　いや、そもそもどうやって俺の部屋に来たんだ？」

そう尋ねると、彼女はきょとんとした顔をする。

「あの……私のことを、会社の人に全部聞いたんですよね？」

「え？　うん。希実がウチに来たのは『福利厚生』じゃなかったってことだよな？」

「ご主人さまが聞いたのは、それだけですか？」

「……え？　他にも何かあるの？」

驚きながら、俺は逆に聞き返した。

「私の本当の名字は、高輪ではなく…………餅原、です」

「へえ、餅原って…………もちはら？」

珍しい名字だが、もちろん聞き覚えのある名前だ。

「まさか、餅原専務の関係者なのか？」

「……はい。私の父です。それと、高輪は母の旧姓です」

「えええええっ⁉」

思わず、驚きの声をあげてしまった。

「一生に一度のお願いだからと頼んで、今回の『福利厚生』のお手伝いをさせてもらいました」

「ど、どうしてそんなことを……？　いや、いくら専務でもそんなことができるのか？」

自問していると、気まずげに希実が尋ねてくる。

「その……ご主人さま、会社の会長の名前はご存じですか？」

「ええと……」

たしか、入社試験のときに念のために覚えて…………あ、れ……？

「高輪って……会長？」

「私のお爺さまです」

「……なるほど？」

一気に増えた情報に、思考が追いついていかない。

「希実は、つまり会長の孫娘で、専務の娘ってことなのか？」

「はい。今回の件は、お爺さまとお父さんに協力してもらいました」

部長が苦笑した理由がわかった。たぶん、俺と餅原専務との関わりと高輪という名前を聞いて気づいたのだろう。

……自分では、今の今までまったく気づかなかったけれど。

「でも、どうしてそこまでして、俺のところに？」

「あのときのお礼をしたくて、それで……」

「あのときのお礼って……？」

「私は以前、ご主人さまに……会っているんです」

「俺と……？」

「一年くらい前、会社で強引に迫られていた女の子を助けたこと、覚えていませんか？」

希実に言われて、すっかり薄れていた記憶が蘇ってきた。

会社の中で、制服姿の可愛い女の子がウチの社員に迫られて……というか、半ば襲われかけていたところを助けた覚えがある。

警察沙汰にはならなかったけれど、襲っていたチャラい感じの男は解雇されたはずだ。

たしかそいつは、実家がそれなりに力のある取引先だったはずだが、あの件があってすごく優位な契約を結べたんだっけ？

正直、面倒なことに巻きこまれたなという気持ちが大きくて、思い出すことを無意識に拒否していたのかもしれない。

「……あれって、希実だったのか？」

「やっぱり気づいてなかったんですね」

「う……ご、ごめん」

「いいんです。そんなご主人さまだから、好きになったんですから」

まっすぐに好意を向けられて、照れくさくなる。

「最初は、あのとき助けてくれた方に感謝を伝えて、お礼をするだけのつもりだったんです」

「そう、なのか……？」

「はい。一日だけメイドとしてお世話をさせてもらって……それで終わりにするつもりでした」

「そうだったんだ……」

「いくらお爺さまや、お父さんが協力してくれても、少し調べればすぐに本当のことがわかりますから」

「……ところが、俺はまったく気づくことなく『福利厚生』だと思いこんで、希実が来たことを信じて疑わなかった」

「はい。それと……再会したときに気持ちが溢れてきてとまらなくて、このまま一日でお別れなのは嫌だって……。ご主人さまも、受け入れてくれましたし……」

　希実みたいな美少女に迫られて、断れなかっただけだ。

「ご主人さまが気づくまで、あと一日、もう一日だけと自分に言い聞かせているうちに、時間が経って……」

「……今日までずっとってことか」

「そうです」

　さっきから思考が空転している。考えがあちらこちらに行ったり来たりしていて、まとまっていない感じだ。

　とはいえ、気になっていた理由がはっきりした。

「じゃあ、もしかして今回の俺の昇進って……」

　信じたくないけれど、会長か専務、もしかしたらふたり揃って希実のために公私混同で人事に働きかけたのだろう。

　いきなりのことに納得しながらも、少しばかり失望していた。

　明日にでも事情を話して辞退しておこう。

「あの、やっぱりご迷惑でしたよね？」

「そうだね。普通はあり得ないようなことだからね」

「やはり、私のことで父に何か酷いことをされたり、言われたりしたんですね？」

「へ？」

「わかりました。ちゃんと後で抗議しておきます。ご主人さまは毎日、お仕事をがんばっているのに――」

「ちょっと待った。待ってくれ、希実の言葉を遮る。

俺は手を突き出して、希実の言葉を遮る。

「酷いことどころか、逆でしょ？ 希実とそういう関係になったから、下駄を履かせてもらったとか、過大評価されたとか、そういうことじゃないのか？」

「え……？」

今度は、希実のほうが驚いた顔をしている。

「過小評価をされているのではなく、ですか？」

「うん？ なんだか話が食い違っているみたいだけど……俺の昇進の話についてだよね？」

「はい。父は、その……私のことを可愛がってくれていますので、近づく男性に対して厳しいと言いますか、基本的には排除するタイプといいますか……。ちょっといき過ぎるところもありまして……」

説明する声が、だんだんと小さくなっていく。

「事件にはなってないけど、自社の社員があんなことをしたんだ、しかたないよ。それでなくとも希実くらい可愛い娘がいるなら、父親はそうなるもんじゃないか？」

「だとしても、ご主人さまにキツく当たるのは、許せません」

「あ、いや、キツくされたことはないかな？」

「本当ですか？　私のことを気遣って無理をしていませんか？」

「ああ、うん。むしろ、過分な評価を受けたと思っていたから。希実のために、無理やり昇進させてもらったのかとばかり……」

「え……？」

希実がきょとんとした顔をする。

この件に、彼女が関わっていないのは間違いなさそうだ。

「あの、お爺さまもお父さんも、そういうことはすごく嫌っていますから、絶対にしないと思います」

「……そうなの？」

「はい。それに、私がいつまでもご主人さまの部屋で暮らしていることで、その……」

「……俺のことをあまりよく思っていなかった、とか？」

「すみません……」

希実はぺこりと頭を下げる。

「え？　だったらどうして昇進することになったんだ？」

「それは、ご主人さまがちゃんと結果を出したからじゃないんですか？」

「そんなふうに思えないんだけど……」

「でも、そうでなければ、そんなお話は出ないと思います」

「……そうか」

納得はできないが、状況は理解した。

あとは、餅原専務や部長との話のときに詳しいことを聞いて、今後についても相談をしよう。

「自信を持ってください。ご主人さまならきっと大丈夫です」

「……ありがとう。もしそうなったら、がんばってみるよ」

「はい。応援していますね」

……なんだろう。笑顔で話をしているのに、希実が離れていってしまう、そんな感じを受ける。

俺はたまらず立ち上がると、希実をぎゅっと抱き寄せた。

「ご、ご主人さま……？」

「正体がばれたからって、いなくなったりしないよな？」

腕の中の希実の体が、わずかに強ばる。

「どこにも行かないでくれ」

「でも……私は、ずっとご主人さまを騙していました」

「たしかに少し驚いたけれど、騙されたなんて思っていない。俺は希実が来てくれたことが嬉しいし、これからも一緒にいてほしいと思ってる」

「……私は、このまま……一緒にいてもいいんですか？」

「もちろんだ」

思いを込めて、強く彼女を抱きしめる。

「ご主人さま……嬉しい、です……」

俺たちはしばらくの間、抱き合っていた。

色々と気になることはわかった。けれど、一つ、大きな疑問が残っている。

「なあ、希実。聞かせてもらいたいんだけど……」

「なんでしょう？」

「どうしてメイド姿だったんだ？　それに、その格好……」

「これは、お母さん――母が用意してくれて、部屋の中では着なさいと……」

顔が真っ赤になっていく。

「え？　希実のお母さんが？　どうして？」

「好きな人に振り向いてもらいたいんでしょう？　と言って……」

「そ、そうなんだ……その、開明的というか、先進的というか、ええと……」

「気遣っていただかなくても、大丈夫です。変、ですよね？」

軽く眉を寄せ、困ったように微笑う。

「だったらどうして……？」

「これは、母が父を射止めたときの格好だそうです」

「へ……？」

餅原専務の姿を思い浮かべるが、あの人とメイド服がつながらない。

「……餅原専務と……？」

「はい。どうしてメイド服姿なのかは、今も教えてもらっていないんですけれど……」

ちらりと希実が俺を見る。

「理由は置いておいて、たしかにすごく効果的だったのは間違いないかな」

俺も希実に射止められたのだから。

「やめたほうがいいですか？」

「希実が無理しているのなら、続けなくてもいいけど……」

「ふふっ、では、このままでいますね。ご主人さま♪」

希実は一緒にいてくれると言ってくれた。

とはいえ、餅原専務……そして、会長が許さないと言えば、逆らうのは難しい。

元々、希実との付き合いを認めてもらうために、一緒にいるために上司に直談判をするつもりだったんだ。その相手が、ちょっと……いや、かなり上になったけれど、やることは変わらない。

部長には『福利厚生』の延長を。

そして専務には、彼女との関係を認めてもらうしかない。

覚悟を決めて、約束の時間に部長の元へと向かう。

「……すまないが、会長室のほうへ行ってくれ」

「は……え？」

開口一番、部長にそう告げられて、俺は間の抜けた声を出すことしかできなかった。

「役職につくときには、役員面接があるんだが……」

「餅原専務と、お話をするんですよね？」

なんとなく予感はあった。だから、その名前を出したのだけれど——。

「今回は、高輪会長も同席されるそうだ」

「……え？」

「会長との面接は、部長職以上に就任するときだけのはずなんだが、まあ……がんばれ」

そんなふうに部長に送り出された俺は、今まで一度も入ったことのないフロア、会長室へと向かった。

一生、入ることがないと思っていた重厚な扉の前に立っていた。

いや、いつかは話をしなければいけないとは思っていた。いたけれど、いきなりすぎないか？

これが、ただの面接ならばここまで緊張しなかっただろう。

心臓がバクバクして、今すぐ回れ右して逃げ出したい。そんな気持ちを無理やり抑え込み、ノックをする。

「入りなさい」

「失礼いたします」

一礼して中に入ると、餅原専務と、初老にさしかかった男性——会長の姿があった。

何度も違和感を覚えていたが、ふたりが並んでいるのを見てやっとわかった。

孫娘で娘、か……。

こうして見ると、目の色合いや顔のパーツの一部が希実を思わせるからだ。

血縁なんだから似ていて当然だよな。

それ以前に、名字を聞いて気づけよ、俺。

「さて、今日ここに来てもらった理由はわかっているね？」

餅原専務が口を開く。

「希実の……お嬢さんのことですよね？」

「そうなるね」

「まずは、気にしていると聞いたことから説明しようか」

専務はそう言って話を切り出した。

「今回の昇進について、希実のことは一切関わっていない……と言っても、信じられないかな」

「いえ、彼女もおふたりはそういうことは絶対にしないと言っていました。その言葉を信じています」

「そうか。だったらいいんだ」

「さて、ではこれからの話をするとしよう」

専務の代わりとばかりに、会長が話し始める。

「おぬしには希実に相応しい地位についてもらう。今期で係長になってもらい、三年後には課長、その五年後には部長になってもらう」

「……それだけの結果を出せということですよね」

「いや、ただ会社にいればいい。希実の夫となるのならば、それくらいの融通は利かせよう」

「でしたら、お断りします」

俺は会長の提案を言下に拒否した。

ただの上司ではない。会長に逆らえば会社にいられなくなるかもしれない。素直に受け入れるべきだ。

それでも、出世のために希実を利用するようなことを言われて、唯々《いい》諾々《だくだく》と従うつもりはなかった。

「ほう？　つまり、希実とは遊びだったと？」

「違います。彼女に顔向けできないようなことを、したくないからです。仕事で正当に評価されたのならばともかく、希実に相応しいから、という理由でそんなことをされたくありません」

「会長である私の提案を蹴るというのか？」

「はい」

「会社をクビにし、希実との付き合いを認めないと言ってもか？」

「そうなったら、別のところで結果を出して、希実を迎えに行きます」

「なるほど。その程度の覚悟はあるというわけか」

専務が面白そうに口の端をあげる。

「大口を叩いたものだ。では、その覚悟を見せてもらうとしよう」

「彼女に相応しくないと判断したら——クビでもなんでもしてください。俺は、これからも希実と共にいることを認めてもらえるように、全力を尽くします」

まっすぐ会長の目を見ながら、俺はそう言った。

正直、希実への気持ちを、彼女との日々をこんなふうに扱われていることに怒りもあって、最初に感じていた会長や専務へのお怖れに似た気持ちは綺麗に消えていた。

「……植野くん、それは仕事についてだけかな？」

「もちろん、家でもです。俺は彼女を愛しています。たとえ、おふたりに反対されても、この気持ちが変わることはありません」

「……だそうだ。出てきなさい、希実」

餅原専務に声をかけられて、希実がおずおずと顔をのぞかせる。

どうやらメイド服のままだが、さすがに会社では恥ずかしいのか、上着を着込んでいる。

「え……の、希実？　なんで、こんなところに……!?」

「ワシがそうするように言ったからだ」

「会長が……？　あの、どうしてでしょうか？」

「おぬしが適当なことを言ったり、日和るようなことを言ったなら、現実を知る良い機会になっただろう？」

にやりと口の端をあげる。

「会長、そういう言い方は意地が悪いですよ。希実のことを思って、彼の覚悟を確かめた、くらいにしないと」

餅原専務がたしなめるが、言っている内容はどちらもあまり変わらない気がする。

「では、俺……いや、私は……」

「言葉に嘘はなく、本気であることも伝わってきた。そこの婿殿と同じ程度には信じるしかなさそうだ……メイド趣味も同じようだしの」

「……お義父さん。私にそんな趣味はないと言ったはずですが」

「そうか？　おぬしが娘に手を出したのは、希実がしているのと同じ格好のときだと聞いておるが？」

「専務のときも……。あの……奥様が希実と同じメイド服姿だったというのは、ほんとうなんですか？」

「実は私も、君と似たようなことがあってね……」

専務が少しばかり遠い目をする。

希実の話は事実だったようだ。なんだか急に、専務への親近感がアップした。

「もともとウチの会社は、優秀な人間を積極的に役員に取り込むようにはしてきたのだよ」

専務の言葉を補うように、会長が続ける。

「娘の場合は、そう言う目的ではなかったようだがな。それに家族にだけではなく、社員なかったのか？」知らの中でもこれはという人間には、さりげなくパートナーを紹介したりもしているぞ。

「知りませんでした……」

社内結婚が多めかも？　とは思っていたけれど、そんなことまでしていたのか。

「あの、では、どうして私が希実——娘さんの相手に？」

優秀であることが条件ならば、俺が選ばれる理由がわからない。

「もちろん、相応しいと評価をしたからだよ。本当は、あと数年は娘にムシ——いや、男を近づけたくなかったんだがね」

ムシって言った。隠すことなく、ムシって！

「お父さん？」

「ああ、いや、だから希実と彼の付き合いは認めたじゃないか」

「たしかに見所はあるようだが、まだまだ希実の相手には10年早いと思わんか？」

「お義父さん、希実は遥《はるか》の娘ですよ？　私達の言うことをいつまでも聞いているとでも？」

「む……。たしかにそうだな。それに、余計なことをしたら遥に何を言われるか……」

「……希実、遥さんって？」

「私のお母さんです」

希実のお母さん、旧姓は……高輪……？

「あれ？　高輪、遥って名前、どこかで聞いたことがあるような……」

「ウチの会社で、最年少で女性部長になった人だからね。名前くらいは伝わっているんじゃないか？」

「あ……！」

「まあ、そういうことだ。私達が付き合い始めたときは、遥のほうが上司だった。だが、結婚するときに、中途半端なことはしないと言って、あっさりと会社を辞めてしまってね」

「すごい行動力ですね……」

「ああ。正直に言えば、私は今も彼女には勝てないままだよ」

苦笑交じりに専務が言う。

「あれは、ワシの妻――母親に似て優秀でな。自分の決めたことは簡単には曲げないところもそっくりだ」

会長も少し遠い目をしている。

このまま希実と付き合っていくのなら、その人が義母になるってことだよな？

後でどんな人か、希実に詳しく聞かせてもらっておいたほうが良さそうだ。

「まあ、遥が交際を後押ししているし、希実も望んでいる。そういうわけで、ふたりのことを認めたというわけだ。ワシの可愛い孫のこと、よろしく頼むぞ」

「もちろん、君がこれにあぐらをかいて希実にたかるムシ共と同じようになったら……わかるよね？」

にっこりと専務が笑う。

囲い込まれたというか、追い込まれたというか、まあ……そういう状況になったわけだ。

だが、希実と共にいられるのならば、何の問題もない。

「わかりました。今後も全力を尽くして、希実と共にいることを認め続けてもらいます」


会長と専務との話し合い……というか、面談は無事に済んだ。

希実を送っていくという名目もあって、今日は早上がりをさせてもらえることになった。

「あの、ご主人さま……良かったら、少しお散歩していきませんか？」

「……散歩？」

「はい。この近くに大きな公園があるんです」

俺はほとんど利用したことがなかったが、オフィス街の中の憩いの場になっていたはずだ。

たぶん今日は色々とあったから、俺がリラックスできるようにと、気遣ってくれているのだろう。

「いいな。じゃあ、ちょっと寄り道していこうか」

今も忙しく働いている同僚達には悪いとは思うが、恩は明日以降の手伝いで返すことにしよう。

そんなことを考えながら、ふたりでのんびりと向かう。

樹木や植え込みをうまくつかっているからか、緑に囲まれている感じが強い。

「……いい感じのところだな」

「昔、お父さんとお母さんも、仕事帰りによく来ていたそうです」

「へえ……そうなんだ」

「はい。だからここには、ご主人さまと一緒に来たかったんです」

希実がふわりと微笑《わら》う。

「あのさ、今日……一応とはいえ、俺たちの付き合いを認めてもらっただろう？」

「もう、一応じゃありません」

希実が可愛らしく唇を尖らせる。

「ああ、そうだな。言い方が悪かった。俺たちは、希実の家族に認めてもらって正式に交際をするようになったよな？」

「は、はい。そうですね」

「だから、これからは俺のことは名前で呼んでほしいんだけど、いいかな？」

「え、で、でも、ずっとご主人さまと呼んでいたので……」

「孝弘、だよ。希実」

「た、孝弘、さん」

「さん付けもいらないんだけど……」

「す、すぐには無理ですっ」

顔を真っ赤にした希実が、胸の前で両手を振る。

表情も仕草も可愛いくて、たまらない。

少し強引に希実の唇を奪うと、目を見開いて驚いた。

「ちゅくっ、んんぅ……んあっ、あんぅ……こ、ここ、公園ですよ……？」

「ごめん。我慢できなくなって」

「我慢できなくなってって……」

「希実が可愛すぎて、だよ。それに、この時間なら人もほとんどいないし」

「たしかに、いませんけれど……」

ものすごく照れて恥ずかしがっている。

こういうところでなんとなく、育ちの良さが現れているような気がした。

「意外と古風だな。これくらい、学生カップルでもやってると思うけどな」

「そ、そうなんですか⁉　ううぅ……な、なんて大胆なんでしょう……」

「まあ、実際は俺もそんな青春は経験ないけど」

「なんですかそれっ、もうっ……」

唇を尖らせて抗議する。その仕草もまた実に可愛い。

「あれ？　唇……物足りなかったのかな。んっ！」

「ん、んんっ、孝弘さん……ん、んふっ♥　あ、は……♥　ん、んっ、んふ……」

再び不意打ちでキスをすると、また耳まで真っ赤になってしまった。

しかし特に嫌がることなく、そのまま俺のキスを受け止めていく。

「ちゅっ、んちゅっ、んんんぅ……はあっ、はぁぁ……またしちゃって……んぅ……誰か知り合いの方に見られてしまったら、私だけじゃなくて孝弘さんも恥ずかしいと思いますけど……」

「ふむ、一理あるな。そう言われるとちょっと気になるし……あ、こっちのほうなら平気じゃないか？」

「へ？　あっ……んんんぅっ♥」

手を引き、唇をついばみながら、近くの茂みへと入っていった。

「ちゅふっ、んんぅ……ここなら見えませんけど、キスなら茂みにまで入らなくても、ちょっと木の陰とかで大丈夫、ですよね？」

「……キスだけで終わりにはできなくなったみたいだ」

「なっ⁉　それって……きゃあぁぁんっ⁉　た、孝弘さんっ⁉　んんぅっ♥」

抱き寄せてスカートの中に手を入れると、ショーツ越しに膣口を軽く擦る。

「んあっ、やっ、んんぅ……だ、ダメですよっ、こんな場所で……せめてキスだけで我慢してください……んんっ……か、帰ったらいっぱいご奉仕しますから……」

「ごめん。止まれない……それに、希実だって同じ気持ちになってきたんじゃないか？」

「そ、そんなこと……ふぁぁんっ⁉　きゃうっ、激しくは……あぁぁっ♥」

俺はわざと水音が聞こえるように、激しく膣口をかき回す。

「あううぅ……んくっ、ふあぁぁ……やだっ、聞こえちゃいますよっ、そんなにしたら……あうっ、くんんっ♥」

「希実のここ、熱くて……すごく、濡れてきてる」

彼女が会社からずっと羽織っていた上着も脱がせ、いつもどおりのメイド姿にさせる。

「うっ、あっ、んんぅ……ひどいです……孝弘さんにそんなにされたら、耐えられるわけないじゃないですか……あうっ、んはぁぁ……」

すっかり濡れて準備のできた希実は瞳を潤ませ、発情顔になっていた。

それを見て俺の肉棒も、より一層パワフルに勃起して痛い。

「それじゃ、もう入れるから。そこの木に手をついて」

「え？　あんぅ……はい……♥」

素直に従う希実のスカートをまくりあげ、湿ったショーツをずらしてすぐに、肉棒をねじ込んだ。

「んぅんっ！　はうっ、んはあぁぁっ♥　あぁぁ……ほ、本当にこんな場所で……孝弘さんにしっかりと入れられてます……んんっ、はううぅ……」

「ああ……希実の中、とっても温かいな」

「ん、は……んはぁぁんっ♥　あううぅ……んぅ、んんぅっ♥」

外でするのは俺も初めてなので、内心ではビクビクしながらも、周囲の様子を見ながらゆっくりとピストンを始めた。

「んくぅ……んあっ、はううぅ……太いところが奥のほうでグイグイきちゃってます……んんっ……外なのに……んんっ……こんなことダメなのにぃ……んあっ、はんんぅんっ♥」

バックでしているせいなのか、小心者の俺とは違い、希実は意外と素直に感じて気持ち良さそうに喘いだ。

育ちの良さはどこに行ったのだろうか。まあ、エロにはかなり寛容な希実だから、公園ですることもすぐに許してくれたんだろう。

「ん……いい感じにエンジンもかかってきたし、そろそろ本気で動かすぞっ」

「んああっ!?　あっ、やうぅんっ♥」

愛液が溢れる膣内を、遠慮なくかき回す。

「ふぁっ、あんっ、あぁぁっ！　やんぅ……こ、こんな場所で、そんなに腰を振ったら、いっぱい色々なとこが音を立てて、見つかっちゃいますぅ……んくっ、ふあっ、くんうぅっ♥」

寄りかかっている木は太いので揺れることはないが、足元の落ち葉がかさかさと音を立てている。

「でも、そこまではうるさくないから大丈夫だろう。気付かれて茂みの中を覗き見されなければさ。例えば子供とかに」

「んやぁんっ!? あうっ、んんぅ……それ、ありそうな話じゃないですか……あうっ、んんぅっ♥ 孝弘さん、ちゃんと見ててくださいね……あうっ、んくうぅ……」

「ああ、ちゃんと見ておくさ。ブルブル揺れるおっぱいと、きれいなお尻をな」

「なっ!? そ、そっちじゃないですってばぁ……あうっ、んくっ、んっ、んはあぁぁっ♥」

振り返ろうとする希実の腰を持ち、ガツガツと激しく突き出して、しっかりと膣奥まで犯すように激しくピストンする。

「んはぁっ♥ あっ、孝弘さん、だめぇっ……♥ ん、くぅっ！」

お尻を波打たせながら、希実が嬌声をあげていく。

「おあっ!? グイグイ締めつけてくるっ。これはもう止まらないやつだな」

「ふぁあぁぁっ♥ あうっ、ひうっ、くうぅんっ♥ パンパンって、エッチな音が出すぎちゃって……あうっ、んんぅっ♥ こんなの絶対、怪しまれちゃいますぅ……ふあっ、き

ゃうぅぅんっ♥」

　肉と肉がぶつかる音と、卑猥な水音が茂みに広がりる。

　周りで鳴く鳥の声と、そよぐ葉の音がそれに合わさり、この場にふさわしくない音の共演に、卑猥さが増していく。

　そしてそれが、俺の中に眠る原始的な営みの記憶を呼び起こしているのか、ものすごく興奮してきてしまった。

「んんんぅっ!?　ひうっ、また中でおちんちんが成長して……んあっ、ふあぁぁっ♥　ギチギチになって擦られて、すぐだめになるぅっ！　んくっ、んあぁぁぁっ♥」

「くっ……希実のまんこ、喜びすぎだな」

　足元の落ち葉の音に、ポタポタと垂れる愛液の音が追加されていく。

　本人はまったく気づいていないみたいだが、すでにとんでもなく愛液が溢れていて、腰の動きに合わせて飛び散っていた。

「んくっ、んはぁぁっ♥　全身が、燃えちゃうくらい熱くなってますぅ……んんっ、んはっ、あぁぁっ♥　気持ち良すぎてっ、勝手に腰が孝弘さんに向かっていっちゃうぅ……んくっ、んんぅっ♥」

「喜んでくれてるみたいだな。まあ、ここなら思いっきりエッチな汁をこぼしても平気だし、いっぱい感じてくれ」

「んえぇっ⁉　あうっ、やんっ、んんぅっ……そんなに私、濡らしちゃって……あっ、あぁっ♥　と、止めてくださいぃ……こんないっぱい、こぼしちゃダメぇっ！　あうっ、んああぁっ♥」

「それは俺にも無理だな。そもそも、もう腰が止まらないしっ」

「んくぅんっ♥　ふあっ、あうっ、んんぅっ♥　そ、そんなぁ……あっ、あぁぁっ♥」

いやいやと頭を横に振るが、愛液はまったく止まらない。むしろまた少し多くなった気がする。

「んあっ、んんっ……な、なんだかおまんこが熱くなりすぎてますぅ……んんっ、はうっ、んあぁぁっ⁉　やんっ、な、なにかきちゃううぅっ⁉　んんっ、きゃううぅっ♥」

「……え？　おわっ⁉」

ビュッ！　と軽く膣口から透明なものが噴き出し、俺の股間をビチャビチャに濡らしてくる。どうやら、潮を噴いたらしい。

「ふあぁっ、や、やだっ、私、おもらしなんて……。んんぅ……。孝弘さん、ごめんなさい……」

「いや、潮を噴いただけだろう。漏らしたわけじゃないから心配ないよ」

「え？　潮？　あんぅ……おしっこじゃないんですか？」

「違うんじゃないかな。まあ、気持ちいいと出る人もいるらしいし、汚くないよ。でも、けっこう濡れたかも」

「んんっ……でも今まではそんなことなかったのに……なんでこんなときにこんな場所で……はうぅ……恥ずかしすぎて、死んじゃいそうですぅ……」

よっぽどの羞恥なのか、真っ赤になりながら、涙声になってしまった。

「気にするなって。むしろここで、こんなレアな希実の恥ずかしいところを見られて、俺としてはものすごくラッキーだ」

「うっ、ううぅ……孝弘さんの言い方、ヘンタイさんっぽいですよぉ……」

「こんなエロいイレギュラーも起きるなんて……青姦もたまにはいいね」

気にしていないということを、手っ取り早く知ってもらうために、再び腰を思いっきり振る。

「ひゃううぅんっ!? んあっ、やんっ、あんぅ……孝弘さんっ、激しっ……あうっ、んんぅっ♥」

体は正直とはこのことだろう。

勢いのあるピストンですぐにまた感じはじめ、元気な喘ぎ声で応えた。

「はうぅ……ここまで力強くされるとっ、んぁっ♥ すぐに……おかしくなっちゃいますぅっ♥ あっ、あうっ、んはぁっ！」

ずいぶんと出来上がっている希実は、外だということを忘れてしまったかのように、喘ぎまくった。
「あうっ♥　あっ♥　孝弘さん、これ刺激がすごすぎますっ……んんぅっ♥　はあっ、あ
あっ、おまんこが勝手にピクピクしちゃって、頭の中っ、もうクラクラですぅ……んあっ、
んくぅぅんっ♥」
「ん……気持ち良いのはわかるけど、あまり大きな声を上げると、さすがに誰かに気づか
れるかもしれないぞ」
「えうぅんっ⁉　んくっ、ん、んぅっ……！」
やっとそれを意識した彼女は、声を抑えようとした。
しかし同時に膣襞はきゅっと締まり、より快楽を求めているようだ。
「あふっ、んきゅうぅっ♥　ふあっ、はっ、あぁぁっ♥　こ、声……やっぱり出ちゃいま
すぅ……あうっ、ああんっ♥　止められないぃ……声も気持ちもとめられないのぉっ♥　あ
うっ、くんんぅっ！」
「だから声が……って言っても、もう遅いか……」
いつもと違う場所でする新鮮さと、外で見つかってしまうかも知れないという背徳感は、
希実だけでなく、俺のオスの部分の情熱を駆り立ててくる。
「んあっ、はうっ、んんぅっ⁉　ふあぁぁ♥　おちんちんが中で……あっ♥　あうっ♥　く
んんぅっ♥　射精の膨らみ、きちゃってますぅ……あぁぁっ♥」

「ああ、もういくぞ。希実、しっかり受け止めてくれっ！」

「はいっ、はあっ、あああぁっ♥ いつでも、どこでも、出してください……私はもう、いっぱい、いっぱいイっちゃってますぅっ♥」

「おおっ⁉ で、出るっ！」

「んきゅうぅっ♥ しゅごいしゃせーっ、くりゅうううぅぅぅっ♥」

びゅくびゅくびゅるるるるっ！ どびゅーーっ！ びゅーーーーっ‼

呂律がおかしくなるほどに絶頂した希実は、どくどくと流れ込む精液をその膣奥に飲み込んでいった。

「んあっ、んはあぁ……はあっ、あついの、たくさん……んんっ、んはぁ……も、もうイきすぎて……立てません……」

「おわわっ⁉ 危なかった……」

カクンと急に膝をつきそうになる彼女を抱き上げて、なんとか地面で汚れずに済んだ。

「んっ、んはあぁ……お外でするのって……色々な意味で危険すぎます……ん、はあぁ♥」

「ああ。これは……クセになる気持ち良さだよ」


係長への昇進にともない、本格的に仕事が忙しくなった。

同僚達の助けもあって、どうにかしているが、自由になる時間が以前よりも減ったのはしかたのないことだろう。

そんな中、やっと迎えた週末。

俺はどうにか時間を捻出し、希実と共に彼女のお母さん――遥さんへの挨拶を終えてきたところだ。

自分の部屋に戻ると同時に、ぐったりしてしまう。

「孝弘さん、お爺さまやお父さんと会うときよりも、緊張していませんでしたか？」

少し休もうと言ったのだが、彼女は帰宅すると直ぐにメイド服へと着替え、お茶を淹れてくれていた。

「……したよ。正直、人生の中でも三本指に入るくらいに緊張した」

「ふふっ、お疲れさまでした」

「……でも、希実とのこと、遥さんに認めてもらえて良かったよ」

「『私が認めない男のところに、可愛い娘をやるわけないでしょう』」

さすが母娘だ。モノマネが上手い。

先ほど、実際に言われた台詞を聞いて、再びダメージを受ける。

「専務が勝てない、と言った意味もよくわかったよ」

「でも、お父さんとお母さん、見ていて恥ずかしいくらいに仲良しですよ？」

「すごい美人だったしな」

綺麗なだけでなく、色気も凄かった。希実も近い将来、あんな感じになるんだろうか。

「……私だって、あと10年もすればお母さんみたいになりますよ？」

「いや、希実は今でも十分に綺麗だし、可愛いし、魅力的だよ」

「本当にそう思っていますか？」

「本当に決まってる」

「でしたら……証明、してもらえますか？」

そう言うと、希実がゆっくりと目を閉じた。

彼女の頬に手を添えると、唇を重ねる。

「ん……ちゅ、んふっ、孝弘さん……ちゅむっ、ちゅっ、ちゅっ♥」

軽い口付けのつもりが、すぐに激しく求め合うようなものへと変わっていく。

舌と舌を合わせ、重ね、絡め合わせ、唾液を交換するようにお互いの口内を行き来させる。

「んっ♥　ちゅむ、んっ、ぴちゅ、ちゅぴ、んん、んあ……♥　孝弘さん、はむ、ん、ちゅっ、ちゅふぅ……んんっ、あんっ♥」

気持ちが抑えきれず、さらにキスをしながらお互いに脱がし合う。

「ちゅふっ、んんぅ……あっ♥　おちんちん、もうぴーんって大きくなちゃってます♪　ふふ……とってもたくましいです♥」

「希実も相変わらず綺麗だよ……。立ってるだけなのにプルプル揺れるおっぱいが、本当にエッチだ」

生まれたままの姿で向かい合い、お互いを見つめ合う。それだけでもう発情してしまって、我慢できない。

「希実……んちゅっ！」

キスをしながら、すぐに彼女の下半身へと触れた。

「ちゅふぅんっ♥　ちゅむぅう……んあぁんっ♥　あんっ、もうおまんこ弄っちゃってる……あうっ、んんぅ……おっぱいを触ってくると思ってました……んはぁぁんっ♥」

「こっちのほうが欲しがってそうだったからさ。実際、その通りみたいだな」

「ふあぁぁっ!?　やうっ、んんんぅ……ああんっ♥　指が入って……ひゃうっ、んあぅんっ♥　敏感な場所、ぐりぐりしたら、だめ、ですっ♥」

最も感じやすい場所を重点的に弄ると、きゅっと膣口が締めつけてきた。

それと一緒に愛液もぴゅっと飛び出して、俺の手を濡らしていく。

「あうっ、やっ、んんっ……また潮を噴いちゃってる……んんぅ……いっぱい孝弘さんを汚しちゃってごめんなさい」

「汚されたなんて思ってないよ。むしろこんなに欲しがってくれているんだと思うと、嬉

うだ。
「んあぁ……孝弘さん、優しい……あうっ、くんんぅんっ♥」
膣肉が指に吸いつき、しっかりと濡れ、もう膣内の準備は十分すぎるほど出来ているよ
うだ。
「んふぁあぁ♥　あうっ、んくうぅ……気持ちいいぃ……あうっ、んんぅっ♥　孝弘さん
の指先で擦られちゃうと、すぐにイきそうになって……私の体、もう条件反射になっちゃ
ってますぅ……あぁぁっ♥」
まだそこまでは触っていないはずだが、かなり感じてくれている。
このまま、いちばん弱いGスポットまで弄ってイかせよう。
「はあ、はあぁ……んんぅっ♥　やうっ、あんっ、んくぅ、ふああぁ……あぁぁんっ♥　は
んんぅ……孝弘さん……」
急に呼んで見つめてくると、ゆっくりと俺の腕を握り、愛撫を止めてくる。
「ん？　希実？」
「んんっ、んはぁ……これ以上はイっちゃいますから……あんぅ……イクなら、孝弘さん
のおちんちんがいいです……♥」
「お、おお……」
瞳を潤ませ、熱い眼差しを向けて欲しがってくる。

こんな可愛いすぎることを言われたら、手マンなんて野暮な考えは吹っ飛んでしまう。

「……俺、希実をめちゃくちゃにしちゃいそうだ……」

「ふふ、はい♪　いいですよ、孝弘さん……いっぱい私を愛してください♥」

そう告げる希実を抱き上げ、ベッドへと運ぶ。

「孝弘さん……」

目を潤ませ、艶をまとった希実が、自分からゆっくりと脚を開く。

少し恥ずかしそうにしているが、それ以上に挿れて欲しがっているのが伝わってきた。

「ああ。また腰が抜けちゃうくらい、いっぱいするからなっ」

「んんぅっ♥　ふあっ、はいぃっ♥　んっ……あああぁぁっ♥」

ぐっと一気にすべてを押し込み、希実の深いところまでこじ開けていった。

「んあっ、あくぅ、んんぅ……お腹の奥のほうまでみっちりと、おちんちんが入って……まるで蓋をされているみたいですね……あんぅ……でもこのいつもの感じ……とっても落ち着きます♥」

「そうだな。おれもこのフィット感、すごくいいよ。なんだか収まるべきところに、きちんと収まっている感じだな」

鍵と鍵穴。

まさにそんな言葉が頭に浮かぶほど、俺の肉棒に合わせて、希実の膣内は隙間なくピッタリと包み込んでくれた。

「私、この格好でするのが好きかもしれません……孝弘さんの顔がしっかりと見えますから……んぅ……あぁぁんっ♥」

「うっ……なんかそう言われると照れるじゃないか。あんまり見ないでくれよっ」

「あうっ、くんんぅっ♥　んあっ、あぁぁんっ、孝弘さんっ♥　んんぅっ♥」

少し気恥ずかしく感じながらも、腰を振ってごまかす。

だが、その照れ隠しも、希実には丸わかりなのだろう。

「んっ、んあっ、あぁぁんっ♥　ふふ……可愛いですよ、孝弘さんっ♥」

「うっ……そんなこと言えないくらい、いっぱいしてやるっ」

「んはぁんっ♥　ふあっ、ああっ、やんっ、んあああぁっ♥」

彼女の上で腰を振っていく。

「んくっ、んあぁぁっ♥　ああっ、すごい……中でおちんちんがまだ硬くなってる……んぅっ♥　私の中をいっぱい擦ってきて、おまんこ簡単に喜んじゃってますっ♥」

蠢動する膣襞が肉棒を締めあげ、擦りあげていった。

「んはぁっ♥　あっ、ん、くぅっ！　孝弘さんの、ガチガチおちんぽ♥　私の中で、いっぱい暴れちゃって……んあぁっ！　もっとください……いっぱいパンパンしてくださいぃっ♥」

「うわっ⁉　おおぉ……なんてエロいおねだりなんだ」

希実はぐっと俺のほうへと腰を押しつけるようにして、密着してくる。

「そら、好きなだけ感じてくれっ！」

俺からも密着するように、抱きしめるようにしながら腰を振りまくった。

「んっ⁉　ふっ、んあぁっ♥　あっ、あぁぁっ♥　きてます……」

トロトロの蜜壺が奥まで肉棒を咥えこみ、大きなおっぱいが柔らかく押し当てられた。

二つの柔肌と、きつく締めつけてくる膣口の感触のコントラストが、俺をさらに煽ってくる。

「あふっ、ん、はぁ……♥　孝弘さん、んっ……♥」

気持ちいいセックスをしながら、愛《いと》しい彼女を見つめる。

そんな幸せを噛み締めながら、大きなストロークで膣内をぐちゃぐちゃにしていった。

「んっ、んんぅ……孝弘さん、キスしてくださいぃ……あっ、あぁっ♥　ズボズボされながらキスされるの好きなんですぅ……あぁぁっ♥」

「そんなお願いされたら、断れないな……んっ！」

「ちゅむうぅんっ♥　んちゅっ、ちゅはっ、はあっ、ちゅくううううぅっ♥」

おねだりに応えながら、いつもよりイチャイチャ感の多いセックスをお互いに楽しむ。

ここまで出来上がると、もうお互いに恥ずかしさなんてなくなってきた。

「んちゅっ、ちゅむぅっ、んぱっ、はぁあぁんっ♥　あうぅんっ⁉　あっ♥　だんだん激しくなって……きゃあぁんっ♥」

愛しさと肉欲が、俺の腰の動きを加速させる。

「んあっ、やうっ、んんぅっ♥　グチュグチュって、いっぱいエッチな音が出ちゃってるぅ……んあっ、あぁぁっ♥　わかりますか？　孝弘さん……んっ、あうっ、んんんぅっ♥　おまんこがいっぱい喜んじゃってるのがぁ……あぁぁっ♥」

「くうぅ……ああ、とってもよくわかるよ。中身がトロトロで熱すぎて、ちんこまで溶けちゃいそうだ」

「んあっ、はんぅ……くうぅぅんっ⁉　んあっ、あぁぁっ！　またなにか、お腹の奥から熱いのがきちゃうぅっ！　んっ、んんぅっ♥　これっ、これぇぇっ、だめなやつですぅ～～っ♥」

希実が手で顔を覆ってふるふると頭を振ると、膣口がぎゅと締まり、繋がった部分がさらに熱くなった。

びゅっ！　びゅっ！　びゅーーっ！

「え？　おおっ⁉」

「きゃうっ、んやあぁぁっ♥　また出してっ、イっちゃううううぅっ♥」

数回強く潮を噴きながら、軽く絶頂したようだ。

「んくっ、んんぅ……あうっ、んんぅ……また私、お漏らしみたいに噴いちゃってるぅ……んんっ、はうぅぅ……」

「ははっ、もう癖になってるのかもな。いいぞ、希実。もっとイっちゃってくれっ」

「ふええぇっ⁉　んやっ、あぁぁっ！　まだそんな動いちゃっ……あっ♥　ああっ♥　あひぃいぃんっ♥」

下半身がベチョベチョになっていたが、構わず俺は腰を振った。

「あうっ、んんぅっ！　まだイってるのに……んくっ、んんぅっ！　こんなにされたらっ、何回もイっちゃうぅっ！　んくっ♥　ふなぁあぁっ♥」

「うあっ⁉　くぅ……締めつけが、また一段とやばくなってきたな」

希実の感度はますます増しているようで、ほぼイき続けているのか、膣内の震えが止まらない。

まるで手で握られているかのような締めつけで、俺の堪えも効かなくなってきた。

「んんんぅっ♥　ふあっ♥　あっ、んあああぁっ♥　やんっ、私ぃ……全身が浮き上がっちゃうくらい感じて……あうっ、んんぅっ♥　頭がボーッとしちゃってますぅ……あっ♥　ふああぁっ♥」

「やばい、俺も気持ちよすぎて頭がバカになってきそうだ」

なにも考えずに腰を動かしまくっていたので、限界がすぐそこに迫ってくる。

「もう、目の前に天国が見えちゃいそうですぅ……んあっ、はっ、はぁぁんっ♥　あんぅ……孝弘さん、イク前にひとつお願いがあります……んっ、んんぅ……」

蕩けた目の希実が、改めて見つめてくる。

「ん？　なんだ？」

「あんっ、んくっ、んんぅ……手を……手を握ってください。んんっ、んあっ、はんぅ……最後までずっと、握っててほしいですぅ……んんっ、んあぁぁっ♥」

「んっ……もちろん」

「あっ……はぁぁ……孝弘さん……♥」

ギュッとしっかり恋人繋ぎをすると、とても嬉しそうに微笑《ほほえ》む。

「んんぅ……ずっと憧れていたんです……んくっ、んんぅ……恋人同士のようにセックスするのが……あんっ、んはぁ……」

「そうか……でも俺は前から恋人のように思えてたよ。メイドとしてじゃなくて、ひとりの女性として惹かれていったからな」

「あぁっ♥　孝弘さん……んあっ、あぁぁんっ♥　嬉しいですっ♥」

今までにない、眩しいくらいのとびきりの笑顔は、俺の心に強く焼き付いた。

「ああ……希実っ！」

「ひゃぁぁんっ⁉　んくっ、ふっ、ふあぁぁっ♥　ああっ、まだ激しくなってぇ……んああぁっ♥」

嬉し涙を浮かべる希実を見ながら、射精まで一直線に駆け抜ける。

「あっあうっ、大好きぃ……んっ、んんぅっ♥ 大好きですっ、孝弘さぁんっ♥」

「俺もだ、希実っ！」

「んあっ、ひゃあぁんっ♥ あっ、ああっ、とんじゃうっ、とびゅうぅっ！ 嬉しくてっ、私ぃ……ああっ、んはあぁっ♥」

燃えるように熱い膣奥を、思いっきり突きまくる。

「あっ、あうっ、熱すぎてぇ……もう私っ、なにも考えられないぃ……おまんこと一緒に、頭もバカになって、めちゃくちゃになりゅぅっ！ んあっ、はっ♥ んあっ♥」

「だから最初に言っただろう？ くうぅ……でも安心してくれ。俺はすでにそうなってるからなっ！」

「んくうぅんっ♥ ふあっ、ああっ、また大きいのきひゃううぅっ！ んっ、んんっ、ひゃああぁっ!?」

急に亀頭へ、パクっと硬いものが吸いついてきた。

「ぐくっ!? これはもしかして……おおうっ!?」

どうやら感じすぎて落ちてきたらしい。

飲み込もうとしてくるように、熱い子宮口が亀頭に張り付いている。

「ひうっ、んひゃあぁっ♥　しゅごっ、しゅごおおぉっ♥　んんっ、んはあぁっ♥　しゅごい良くてっ、イきゅイきゅイきゅううぅっ！」

「うっ⁉」

びゅるるっ！　どぷどぷっ、どびゅっ、どびゅーーーーっ‼

「んんっっ♥　イっきゅううううぅぅぅぅぅ〜〜〜〜っ♥」

子宮口へめり込ませるようにしっかりと亀頭を押し付け、その先の希実の大事な部屋へ、俺の思いをすべて詰め込んだ最高の一発を放つ。

「んくっ、ふなあぁっ⁉　はうっ、くうぅんっ♥　あっ、ああぁ……な、なんらかぁ……お腹の奥が……いつも以上にキュンキュンしちゃってましゅぅ〜〜……ふはあぁ〜〜っ♥」

ごくごくと喉《のど》が鳴るかのように、子宮口が脈打ちながら精液を飲み込んでいく。

「んくっ、ふはあぁ……この熱さが溜まっていく感じぃ……しあわしぇ、れす……♥」

希実は満面の笑みを浮かべながら、最後の一滴まで残らず、初々しい子宮へと受け止めてくれた。

「……こんなふうに、誰かと一緒に過ごすようになるなんて、思ってなかったな」

「そうなんですか？」

「結婚した後の自分の姿を想像できなかったというか、したことがなかったんだよ」

そう言って、希実の体を抱き寄せる。

「孝弘さん……？」

「でも、今は……この先のことを考えると、いつも隣には希実の姿があるんだ」

「あ……」

「まだ、ちゃんと言っていなかったけれど、これからもずっと一緒にいてほしい。俺と、結婚してください」

「……はい。喜んで」

エピローグ　最高の結末

「ただいまー」

「お帰りなさい♪」

仕事を終えて部屋に帰宅した俺を出迎えたのは、メイド服姿の希実だった。

プロポーズをした後にも紆余曲折はあったけれど、俺たちは結婚した。

だから彼女はもう、メイドではないはずなんだけれど……。

「希実？」

「どうしたんですか、ご主人さま？」

「希実、俺の呼び方が戻ってるよ？」

「あ……ご、ごめんなさい。この格好をしていると、つい……」

「それもすごくいいけれど、奥さんとして出迎えてほしい。ということで、最初からやり直そう」

玄関を閉じて外へ出ると、再び中へと入る。

「ただいま、希実」

そう言って彼女を抱きしめると、彼女も俺の背中に腕を回してくる。

「お帰りなさい、孝弘さん。今日もお仕事、お疲れさまでした」

「今日はたしかにちょっと疲れたかも。ずっとこうしていたい……」

相変わらず希実の抱き心地は最高だ。

「気持ちは嬉しいですけれど、だめですよ？　するのなら、食事とお風呂が終わった後です」

「そうだな。そのほうがゆっくりできそうだし」

希実に叱られて、俺は名残を惜しみながらも体を離した。

「ご飯とお風呂、どちらにします？」

「ご飯からにしようか。終わったら俺も片付けを手伝うから、一緒に風呂に入ろう」

「ふふっ、わかりました」


希実と楽しく美味しい食事を終え、その後は風呂で軽くイチャついてから、寝室のベッドに並んで横になる。

買い換えることに希実が消極的だったので、今もベッドはセミダブルのままだ。

「やっぱり狭くないか？」

「そのほうが孝弘さんとくっついていられますから。それに、初めてこうして一緒に眠ったときのことを思い出しますし」

「そうか……希実が部屋に来てから、もうすぐ一年か」

彼女と出会ったあの日の驚きは、今も鮮明に思い出すことができる。

そんな思い入れのせいか、今でもするときは、メイド姿のままであることが多い。

服はすでに脱いでいるが、可愛らしいヘッドドレスは着けたままだった。

「振り返ると、あっという間でしたね」

「楽しい時間はすぐに過ぎるって言うしな」

「孝弘さんにとっても、この一年はあっという間でしたか？」

上目遣いに尋ねてくる彼女が愛おしく、抱き寄せてキスをする。

「希実が一緒にいてくれたからな」

「そう思ってもらえるのは嬉しいですけれど……困ってしまいますね」

「困るって？」

「毎日が楽しく、あっという間に過ぎてしまうので、このままだと私、すぐにおばあさんになっちゃいそうです」

「そのときは俺も、おじいさんになっているだろうな」

「ずっと、一緒にいてくれますか？」

「それは俺の言葉だよ。これからもずっと一緒にいてほしい」

希実の頬に手を添えて、優しくキスをする。

「でも、ずっとふたりきりだと、少し寂しくありませんか？」

希実は俺の胸に体を寄せ、上目遣いに見つめてくる。

「……そろそろだっけ？」

「はい。そろそろです」

結婚して大きく変わったこと。それは、希実が家族——子供を欲しがるようになったことだろう。

もう少しの間は、新婚生活を楽しみたいという気持ちがないと言えば嘘になる。

でも、希実が願うのならば叶えたいと思う気持ちも本当だ。

「希実は、男の子と女の子、どっちが欲しい？」

「孝弘さんとの子なら、どちらでもいいですけれど……」

「女の子……だと、結婚のときに、俺も専務——お義父さんみたいになりそうだな」

「ふふっ、さすがに気が早すぎますよ」

まだ妊娠もしていないのに、嫁に出す心配をするなんて、鬼が笑うどころじゃないか。

「男の子はどうですか？」

「男親としては一緒に酒を飲む、というのを楽しみにしたいところだけれど……」

「そのときは、私も一緒ですよ？」

「もちろんだよ」

いつか訪れるかもしれない遠い未来の話をしながら、俺たちは自然と抱き合い、唇を重ねる。

「ん、はぁ、はぁ……孝弘さん……」

「希実、いいんだよな？」

「はい。私のここ、子宮を満たすくらいに——いえ、溢れるくらいにたくさん射精してほしいです」

恥ずかしげに頬を染めながらも、希実がおねだりをする。

それでなくとも彼女が欲しくて、したくてたまらないのに、そんな顔で、そんなことを言われたら自分を抑えることなんてできない。

「……うん。希実が今日、妊娠するくらい何度も、何度も、いっぱいになるくらいにするから」

宣言をするようにそう言って、俺は希実の腰を抱き寄せ、再び唇を重ねる。

「ん、んちゅ……んっ、ふ……ちゅ、んっ♥ ちゅ、んっ♥」

ついばむように唇を触れ合わせると、舌先でノックするように俺の唇をつつかれる。

彼女に応じるように軽く口を開くと、すぐに熱く濡れた舌がぬるりと入ってきた。

「ぴちゅ、ちゅ、んっ、んちゅ♥　のるっ、ぬるっ、ちゅむ、ちゅ……♥」

戯れるように舌と舌でつつき合い、ぬるぬると押し付けながら擦り合い、最後はより深く繋がるように絡める。

「ちゅ、ちゅぴ、ちゅ……んっ♥　んふっ♥　ちゅ、ちゅむ、ちゅ……んっ、んっ、ふぁっ♥」

口を離すと、唾液の糸が俺たちの間をつなぐ。

「はあ、はぁ……孝弘さん……」

瞳を潤ませ、頬を染めた希実が俺を見つめてくる。

今日の希実はいつも以上に積極的だ。

子供が欲しいという気持ちが、溢れている。

「……うん」

ガチガチになっているチンポを希実のおまんこに宛がい、そのまま挿入していく。

「ん、あ♥　は、ん、ん、んぁ……はぁ……♥」

深く繋がり、彼女と一つになる。

胸が満たされる喜びと、腰から下が蕩けてしまうような悦びを感じながら、俺はゆっくりと動き始めた。

「は、あ、んっ♥ 孝弘さん……あ、あっ♥」

お互いを求め合う気持ちのままに、俺たちは抱き合い、口付けを交わす。

「はっ、あむっ、ちゅ、んっ♥ んちゅ、ちゅむ、はぁむ……んっ、あっ♥ あっ♥ あっ、い、いいです……気持ち、いいです……！」

自らも腰を使いながら、希実は昂ぶっていく。

動きを、リズムを合わせながら、肉棒を前後させる。膣襞がカリと擦れるたびに、おまんこがさらに熱くなっていく。

これまでなら、このまま続けるのも良かった。それで十分だった。

けれど、今日は子作りをしているのだ。もっと奥へ、もっと深くまで届け、満たす必要がある。

「希実……激しくするよ」

そう告げると、彼女の膝裏に腕を入れ、体をひっくり返すようにして股間を密着させる。

「ん、くうううっ♥」

「あっ、あっ、奥、奥まできてますっ、おまんこ、いっぱいになって……んんんっ♥」

亀頭が出入りするたびに、希実がゾクゾクと体を震わせる。

強まった刺激から逃れようとしても、体重をかけてしっかりと押さえ込んでいるような状態だ。彼女にできることは、体を捩《よじ》ることくらいだ。

トントンと奥をノックするように軽く叩くと、腰をくねらせて反応する。

すっかりと奥――ポルチオで快感を得られるようになったようだ。

彼女の快感を引き出すように、しつこいくらいに何度も膣奥を叩き、刺激する。

「んあっ！　あーっ、あぁぁっ♥　そこ、いいですっ、気持ちいい！　あ、は……、んんんっ♥」

出して、入れて。高いところから打ち下ろすように腰を使って、希実のおまんこを責める。

「んあっ♥　あっ♥　あ、あっ、ああっ♥　んくううっ♥　あ、あ、あ、あああーっ♥」

目尻に涙を浮かべ、ひっきりなしに喘いでいる。

蕩け切った顔や、抽送するたびに締めつけてくる膣道の反応から、彼女の限界が近いことがわかる。

「んはぁっ♥　あっあっ♥　すごいのぉっ♥　ん、はぁ、ああっ！」

希実が、切羽詰まった嬌声をあげる。

より深く、より大きな快楽を求めながらも、俺の体を押し上げるようにして、おまんこを突き出してくる。

チンポが根元まで埋まり、降りてきている子宮口をグリグリと擦りあげる。

「あ、あ、あ、あああっ♥　ぐりぐりぃ、そこ、ぐりぐりされると、いくっ、いっちゃいます……あ、ああっ♥」

「いいよ。イって！　俺も、一緒に……、くうっ！」

激しさを増すほどにおまんこが大きく蠕動し、チンポを締めあげてくる。

ねじり、絞られるような強烈な刺激を受けながら、俺も抽送を止めない。

肉竿が淫穴を出入りするたびに、白く濁った本気汁が粘つくような音を奏でる。

「あぁっ♥　きて、ん、はぁっ♥　私の中に、ああっ、せーえき、いっぱい出してぇっ♥」

「ああ……！」

彼女のえっちなおねだりに、俺の興奮も増していき、さらに激しくピストンしていく。

心も体も繋がり、融け合っていくような快感が全身を駆けめぐり、産毛が総毛立つ。

「んはぁぁっ！　あっあっ♥　もう、イクッ！　ん、はぁっ！」

「ぐっ、このまま出すぞ！」

希実の体をベッドに押し付けるようにして、よりいっそう深く彼女と密着する。

「ひあっ⁉　あ、くうううっ⁉」

希実は悲鳴じみた喘ぎ声と共に、全身をぐっと強ばらせた。

ぎゅううっと、おまんこが締まり、肉竿を絞るように締めあげてくる。

気持ちいい……！

絶頂に辿り着いたのは、彼女ではなく俺のほうが先だった。

「く、ああっ!!」

びゅぶううっ!!　どぴゅううううううううううっ!!

おまんこの深くで、快感が弾けた。

体の奥から湧き上がってくる熱が、次々に彼女の膣内へと迸《ほとばし》り、広がっていく。

「んはぁぁぁぁっ♥　ああっ、ザーメン、びゅくびゅく出てるぅっ……♥」

後少し、もう少し、彼女がイクまでと、射精しながらも腰を使い続ける。

粘り気を増した愛液と精液が、ぐちゅぐちゅ淫音を奏でる中、俺は最後とばかりに希実を責め立てる。

「んっ、んっ♥　あ、ひっ♥　あ、あ、あ、あっ、い、いくっいきますっ、あ、あ、あ、あっ♥　い、くっ、いくいくうぅっ!!」

目尻には涙を浮かべ、喘ぎながら唇を舐め回していた希実が、ひゅっと鋭く息を吸った。

そして——。

「あ、あ、あああああああああぁぁぁあっ♥♥」

肺の中にある空気を全て吐き出すように、大きな嬌声をあげる。

俺の射精を受け、少し遅れて彼女が絶頂へと辿り着いた。

涙がボロボロと溢れ、涎が口の端からこぼれていく。可愛らしい顔が快感でぐちゃぐちゃに乱れ、それほど彼女が感じているのだという事実が、俺をよりいっそう興奮させる。

「あ、あ……いっぱい……もっと、もっと、ください……赤ちゃん、できるくらい、たくさん、しゃせーしてください……」

「……っ」

その言葉だけではなく、希実のおまんこは膣内《なか》出しされた精液を一滴たりとも無駄にしないとばかりに、亀頭に吸いついてくる。

射精直後のペニスを絞りあげるような膣のうねりに、俺は再び絶頂へと引き上げられていく。

「出すからっ、妊娠するくらい、たくさん、出すからっ!!」

頭が真っ白になるような快感。そして、彼女のおまんこを満たすように、再び白濁が勢いよく迸る。

どぴゅううっ!! びゅるるるうっ! ぶぴゅううっ!!

「ふあっ!? あ、また、また出て………ん、あっ、あついの、またきてますぅ……あ、あっ、い、いく、いくいくっ、あ、あッ♥」

立て続けの射精とは思えないほどの勢いと量の白濁が、愛妻のおまんこへと注ぎ込まれていく。

「んあっ♥ あ、ひっ♥ あ、ああっ、ふあああああああああっ!!」

希実もまた絶頂を迎えたようだ。

「はっ、はっ、あ、あっ……あ、ひゅ、ひゅごい……。あ、はぁぁ、ふううぅ……♥」

大きな胸を激しく上下させている。

立て続けにしたからか、さすがに疲労の色が濃い。

緩み始める彼女のおまんこからチンポを引き抜こうとすると、射精したばかりの精液が結合部から逆流してきた。

「あ、あっ、だめ、だめです……せっかく、たくさん、しゃせーしてもらったのに……あふれちゃうっ……ん、あああっ♥」

きゅ、きゅむっと肉竿を締めつけ、膣が蠕動し、さらにチンポを擦りあげてくる。

甘く蕩けるような余韻の中にいた俺は、さらなる刺激を受けて、再び腰を震わせる。

「く、あ、希実……!!」

びゅぐっ、びゅるるっっ!!

もう一度、残り全てを絞り出すような、気持ちの良い射精。

「ふぁっ♥ あ、あああーっ♥ んんんんんんんんんんんっ!!」

希実もさらに達したのか、目をぎゅっと閉じて、ぶるっ、ぶるっと、体を震わせる。

膣襞が肉竿に絡み、しっかりと締めあげてくる。

「はっ、はあっ……あ、ふあぁぁ……んあっ♥ 孝弘さんの、熱いので、おまんこ、いっぱいです……ふふ、これなら、きっと……赤ちゃん、できますね……♥」

そう呟くと、希実がうっとりと目を細めた。

「はあ、はあ……はいっ、くださいっ、私のおまんこ、もっといっぱいにしてくださいっ」

「希実、出るっ、また、出すよっ」

びゅるるっ、どぷ、びゅぐううっ!!

「ん、ふあああああああああああああああああぁぁっ!!」

俺の射精を子宮で受けとめ、希実も絶頂を迎える。

結局、いちゃついているうちにまた盛り上がってしまい、何度も膣内《なか》出しを繰り返してしまった。夫婦になってからは安心感からか、ほんとうに生セックスが気持ちいい。

でもさすがにもう限界で、俺は彼女の隣に倒れ込むように横たわる。

ふたりそろってベッドに身を沈めるようにして、ぐったりと脱力したまま、俺たちは見つめ合う。

「はあ、はあ……あ、ふっ、ん……孝弘さん……」

希実は俺の胸に、顔を埋めるように抱きついてくる。

熱いセックスを終えた後は、俺にくっつくのが好きなようで、よくこうやって抱きついてくる。

このままキスをしたり、お互いの体を弄り合ったりしていると、再び盛り上がって二回戦、三回線と続けることも少なくない。だが、さすがに今日はやり過ぎた。

「……ええと、何回くらいしたっけ？」

「たくさん、ですね……」

「そうだな。たくさんだな」

窓から見える空はすっかりと白んできているし、腰が重くて、足に力がまったく入らない。

少なくとも五回以上はしていたはず。

「さすがに、今日は、もう無理かな……」

「ふふっ、私もです。でも……これだけ、たくさん出してもらったら……ほんとに妊娠したかもしれませんね」

そう言いながら、希実はそっとお腹に手を当てる。

「回数が多ければいいというわけじゃないけれど……そうだといいな」

「場合よっては、子供ができたことがわかる人もいるみたいですけれど……残念ですが、私はわからないみたいです」

「わかる人のほうが珍しいんだろ？　それに、わからなくとも妊娠する可能性がなくなったわけじゃないよ」

彼女の手の上に自分の手を添えるようにして、一緒にお腹に触れる。

「もし、今回がダメだったとしても、何度だって愛し合えばいいだけなんだから」

そう、一度でダメなら二度で、二度でダメなら十回でも、百回でもすればいいだけだ。

「ふふっ、そうですね」

希実と手をしっかりと繋ぎ、微笑み合う。

セックスの疲れと快感の余韻からくる強い眠気に身を任せ、そのまま目を閉じた。


夢の中。

いま暮らしている部屋よりも少し広めの、どこかのマンション。

そこには俺と希実、そして笑顔の男の子と女の子の姿があった。

楽しそうに笑い合う姿は、俺の願望かただの夢か。

けれどそれは、とても幸せな光景だった。

希実となら、いつかきっとこれが現実なるのだろう――。

あとがき

みなさま、ごきげんよう。愛内なのです。
メイドさん作品を書くときは、まだまだ照れてしまいます。自分の願望とか、甘えたがりとかが出てしまっている気がしますが、そこをすべて満たしてもらえるようなヒロインになれればと思っています。希実との暮らしは、いかがでしたでしょうか。こんな福利厚生なら、もっとお仕事も頑張れるのではないでしょうか。お楽しみ下さい。

挿絵の「りんご水」さん。ご協力ありがとうございました。まずは、キャラデザでの可愛さで、次はカラーの仕上がりの美しさでも感動させていただきました。希実がこんなにも魅了的になったのも、絵のお力のお陰と思います。またぜひ機会がありましたら、ご一緒出来ればと思います。
それでは、次回も、もっとエッチにがんばりますので、新作でまたお会いいたしましょう。バイバイ！

２０２２年１月　愛内なの

ぷちぱら文庫 Creative

超《ちょう》過《か》勤《きん》務《む》の報《ほう》酬《しゅう》はかわいい巨《きょ》乳《にゅう》メイドでお支《し》払《はら》い？

～社畜《しゃちく》の俺《おれ》にご奉仕《ほうし》はじまりました～

2022年 2月10日　初版第1刷 発行

■著　　者　　愛内なの
■イラスト　　りんご水

発行人：久保田裕
発行元：株式会社パラダイム
〒166-0004
東京都杉並区阿佐谷南1-36-4
三幸ビル4A
TEL 03-5306-6921
印刷所：中央精版印刷株式会社

PPC281

マスク女子、とっても♥エロい。
大人しい生徒会長の正体を知ったら搾り取られました!?
隠されたそこ!俺だけ見ちゃったら♥
誰もがマスクを着けて暮らし、唇を見せることは恥ずかしい世の中。偶然から学園でも一番の美少女・礼香の艶やかな唇を見てしまい、興奮を抑えられなくなった亮介は、思わず自慰に励んでしまう。しかし礼香から呼びだされてみると、それは秘密の共有へのお誘いだった。仮の恋人として監視すると言いつつ、なぜか積極的になる礼香に迫られ、様々な体験をしてしまい…。
ぷちぱら文庫
Creative 269
著：愛内なの　画：鎖ノム
定価：本体810円(税別)